아케의 후에

이레의 후예 3

글쓰는기계 장편소설

초판 1쇄 찍은 날 | 2017년 3월 23일
초판 1쇄 펴낸 날 | 2017년 3월 30일

지은이 | 글쓰는기계
펴낸이 | 예경원

기획 | 위시북스
편집책임 | 박우진
편집 | 이즈플러스

펴낸곳 | 예원북스
등록번호 | 제396-2012-000132호
등록일자 | 2012. 7. 25
KFN | 제1-084호

주소 | 경기도 고양시 일산동구 호수로 646-24 위너스21Ⅱ빌딩 206A호 (우)10401
전화 | 031-819-9431 팩스 | 031-817-9432
E-mail | yewonbooks@naver.com

ⓒ글쓰는기계, 2017

ISBN 979-11-6098-124-7 04810
      979-11-6098-087-5 (set)

WISHBOOKS MODERN FANTASY STORY
글쓰는기계 장편소설
이계의 후예
3
Wish Books

아제의 후예

CONTENTS

15장
카크리타 계곡(2)

카크리타 계곡은 온갖 예측 불가능한 곳의 집합체인 카메론 행성에서도 상당히 특이한 곳이었다.

그 특징 중 하나는, 인류의 큰 장점 중 하나인 기술력이 먹히지 않는다는 점이었다.

드론 정찰, 감지기 설치 등의 정찰 행위로는 유령을 잡기 힘들었고 일반적인 무기는 제대로 된 타격도 주지 못했다.

괜히 여기 들어온 이들이 족족 행방불명되는 게 아니었다. 처음에는 자신만만해서 안으로 들어가다가, 현실을 깨달았을 때는 이미 늦어서 패닉에 빠진 후 전멸.

"적외선 장비 같은 건 필요 없다. 그냥 불을 켜고 움직인다."

"그래도 됩니까?"

"상관없다. 어차피 불빛이 있든 없든 차이가 없는 곳이니까."

수현의 말에 대원들은 반신반의하면서도 그대로 따랐다. 이제 그들도 수현의 말이라면 일단 따르고 보게 되어버린 것이다.

기술력이 먹히지 않는 건 귀찮았지만, 그로 인한 장점도 있었다. 여기에서는 대놓고 소리를 내고 불을 켜도 상관이 없었던 것이다. 어차피 유령 몬스터들은 그런 걸로 적을 찾지 않았으니까.

동굴 안쪽의 유적지는 계곡에서도 특별히 위험한 곳이었다. 바깥에서는 소금만 갖고서 위험을 피할 수 있었다면, 이 안에서는 무조건적으로 싸울 각오를 해야 했다.

'솔직히 나서서 싸우고 싶은 놈들은 아니지만……. 걸린 게 걸린 것이니만큼 어쩔 수 없지.'

소금 정도로 접근을 못 하는 약한 유령들은 만만했지만, 그걸 무시하고 덤빌 정도의 유령 몬스터들은 정말로 귀찮은 놈들이었다.

가장 짜증 나는 점은 상식을 무시한다는 점이었다. 보통 몬스터들은 나타날 때 징조가 있었다. 소리가 난다든가, 모습을 보인다든가.

그러나 이 유적지의 유령 몬스터들은 갑자기 튀어나왔다.

벽이든 바닥이든 뚫고 덤비는 놈들이다 보니 한시도 신경을 놓을 수가 없었다.

저번의 탐험에서는 초능력을 사용해서 적을 감지했다. 수현뿐만 아니라 다른 이들도 초능력자였으니까 그런 점에서는 수월했다.

'염동력이 강해져서 망정이지.'

"왼쪽이다!"

"……?!"

수현의 외침에 대원들은 곧바로 반응했다. 빠르게 몸을 돌리고서 벽을 조준한 것이다. 수현의 외침과 동시에 벽에서 진한 푸른색의 형체를 가진 늑대가 튀어나왔다.

-크아앙!

실제로 울음소리가 나지는 않았지만, 그 자리에 있던 대원들은 분명 늑대의 울음소리를 들은 것 같았다.

콰콰쾅!

기습을 당하면 위험했지만, 예측을 하고 있다면 그렇게까지 위험한 상대가 아니었다. 게다가 그들은 몬스터들의 약점까지 알고 있는 상태였다.

"퍼부어!"

확실히 바깥의 놈들과는 달리, 몇 방 맞았다고 쓰러지지는 않았다. 유령 늑대는 으르렁거리며 자세를 숙이더니 이리저

리 뛰면서 공격을 피하려고 들었다.

"긴장 풀지 마라! 한 놈만 나오는 게 아니니까!"

"......!"

"싸우면서 계속 주변을 확인해. 아차 하는 순간 당한다!"

여기서의 싸움은 긴장의 연속이었다. 적을 상대하는 것 자체는 약점을 공격하는 것으로 해결이 됐지만, 그렇다고 해서 방심할 수는 없었다. 한 놈과 싸우는 도중에 다른 놈들이 나타나는 건 흔한 일이었다.

수현의 말에 대원들은 바로 행동에 나섰다. 앞에 있는 사람이 늑대를 상대하고 있는 동안 다른 이들은 주변에 경계를 기울이기 시작한 것이다.

'어차피 누가 오면 내가 먼저 눈치를 채겠지만.'

언제까지 수현이 챙겨줄 수는 없었다. 어느 정도는 스스로 해결할 수 있도록 해야 했다.

퍽!

제대로 머리 부분을 얻어맞은 유령 늑대는 그제야 슬슬 꼬리를 내리고 도망치려는 기색을 보였다. 그러자 수현의 눈동자가 빛을 발했다.

"......!"

유령 몬스터들의 귀찮은 점 중 하나는 자유자재로 도망을 칠 수 있다는 점이었다. 바깥이라면 모를까, 이런 동굴 안에서 벽으로 들어가 버리면 사람들은 추격이 힘들었다.

"해치워! 무조건 죽여!"

바깥에서야 느긋하게 도망치는 놈들을 내버려 뒀었지만, 안에서는 이야기가 달랐다. 한 번 놓친 놈은 꾸준히 그들을 쫓아다니면서 뒤를 노릴 것이다. 기회가 있을 때마다 숫자를 줄여놔야 했다.

수현의 서릿발 같은 목소리에 김창식과 박수용이 앞으로 뛰어들었다. 어째서인지 모르겠지만 유령 늑대는 도망치려다가 동작을 멈추고 있었다.

퍼퍼퍽! 퍼퍽!

소리 없는 비명을 지르며, 유령 늑대의 숨통이 끊어졌다. 형체가 미친 듯이 요동치더니 연기가 피어오르는 것처럼 사라져 버렸다.

"후……."

누군가의 한숨이 들렸다. 다들 갑작스럽게 맞붙게 된 싸움에 어느 정도 긴장한 모양이었다. 수현은 그들이 숨을 돌리기도 전에 말했다.

"이동한다."

"그보다 저 인간은 어떻게 눈치챈 거야?"

"그러게. 점점 인간이 아니게 되어가는 것 같다야."

그들은 나름 운이 좋았다. 동시에 여러 마리를 상대하거나, 상상하지 못한 곳에서 습격하는 몬스터를 만나는 일은 피할 수 있었던 것이다.

'호수에 도착하기만 하면 나름 쉽게 끝낼 수 있겠는데.'

지금은 길이 복잡했지만 목표로 하고 있는 곳에 도착하고 나면 그런 문제는 사라진다.

"그런데, 여기 아무리 봐도 자연적으로 만들어진 통로 같지는 않은데……. 그렇지 않나?"

"그래요? 그런 생각은 안 해봤는데."

"자연적으로 만들어진 통로 아니다. 관찰력이 좋군. 정보가 맞다면, 아주 예전에 이종족들이 뚫어놓은 곳이라고 하더군."

"……!"

수현의 말에 대원들은 놀란 표정으로 서로를 쳐다보았다. 인간들에게 이종족들의 물건은 언제나 신기한 물건이었다.

"더 안에는 뭐가 있답니까?"

"그건 나도 모르지. 어쨌든 이렇게 고생을 해서 뚫어 놓았으니 쓸모없는 걸 두지는 않았을 거야. 그러길 빌자고."

"금? 은? 보석?"

빠르게 희망 사항을 내뱉는 김창식을 보며 박수용은 한심하다는 듯이 한숨을 쉬었다.

"이종족들이 우리와 똑같은 걸 소중하게 여긴다는 보장이 어디 있냐."

"그거야 모르는 일이죠. 고르간. 오크는 금이나 은을 안 좋아하나?"

"둘 다 귀하게 여기는 물건은 아니다. 그보다……. 오크는 이런 굴을 만들지 않는다."

"그래?"

'다크 엘프나 드워프 정도겠지.'

"다크 엘프나 드워프 같은 놈들이 이런 굴을 만들지, 우리는 동굴을 만들지 않는다."

수현의 생각 그대로, 고르간이 대답했다.

"다크 엘프나 드워프는 금은보화를 좋아하지?"

"그건 나도……."

"잡담은 거기까지만 해라. 놀러 왔나?"

"죄송합니다."

수현의 말에 김창식은 바로 입을 다물었다. 잊을 뻔했지만, 지금 그들은 유령이 발밑을 돌아다니는 곳을 걷고 있는 것이다.

"물소리가 나는데……?"

착각이 아니었다. 통로를 빠져나온 그들은 앞에 자연적으로 만들어진 커다란 호수를 볼 수 있었다. 주변이 어두운 탓에 제대로 확인할 수는 없었지만, 물은 꽤나 깨끗해 보였다.

미개척지를 돌아다니는 입장에서, 이런 식의 깨끗한 수원은 언제나 반가운 존재였다. 물자를 넉넉하게 갖고 돌아다닌다고 해서 함부로 낭비할 수는 없었으니까.

"오늘은 여기까지만 이동한다."

"야영은 어떻게 할 겁니까? 놈들 나타나는 게 보통이 아니던데……."

"좋은 질문이다. 그전에, 저 호수를 봐라."

"……?"

"무슨 생각이 들지?"

"물이 좋아 보인다?"

"야영할 때 쓰면 좋겠다?"

"……정답은 '몬스터가 숨기 좋겠다'다. 아직도 멀었군."

수현은 말과 동시에 총을 겨눴다.

첨벙!

총탄이 수면에 작렬하는 순간, 커다란 파동과 함께 거대한 물기둥이 솟구쳤다. 대원들은 기겁해서 총구를 위로 올렸다.

"뭐, 뭐야?!"

"유령 물뱀, 유령 아나콘다 정도 되려나? 겁먹을 필요 없다. 덩치만 크지 강한 놈은 아니니까. 침착하게 쏴!"

놈은 물속에 잠복해 있다가 물을 가지러 온 피해자를 습격하는 몬스터였다. 예전에 수현의 팀은 방심한 상태로 호수 근처에 다가갔다가 호된 맛을 본 적이 있었다.

철썩!

물을 몸에 휘감고서, 거대한 뱀처럼 움직이는 놈은 위협적이었지만 맞추기 어렵지는 않았다. 여기 있는 대원들은 저런 것에 겁을 먹을 이들이 아니었다.

"으아앗!"

요란한 소리와 함께 김창식은 몸을 굴려 꼬리를 피했다. 철썩하는 소리와 함께 꼬리가 후려친 곳에 물이 튀었다. 몇 대 얻어맞은 놈은 몸을 요동쳤지만 도망치지는 않았다. 오히려 더욱 공격성을 높였다.

"고르간! 네 쪽으로 간다!"

"……?!"

고르간은 당황한 표정을 짓더니, 언제나 갖고 다니던 방패를 앞에 박았다.

'피할 줄 알았는데, 겁먹어도 오크라 이건가?'

쾅!

평범한 방패였다면 유령 몬스터가 관통 후 고르간을 공격했을 테지만, 고르간이 갖고 있던 방패는 알타라늄 방패였다. 거대한 유령 물뱀은 방패에 머리를 강하게 부딪치더니 튕겨 나갔다.

"크윽!"

그 뒤에서 고르간이 신음 소리를 냈다. 자세를 낮추고 버틴 것이다. 방패가 충격을 흡수한다지만 뒤에서 버티고 있는 사람한테 아예 타격이 안 갈 수는 없었다.

"잘했다. 고르간!"

뒤에서 달려오던 수현은 가볍게 고르간을 타 넘고서 비틀거리는 몬스터의 머리에 총구를 겨눴다.

퍽, 퍽, 퍽!

빠르게 세 발. 그리고 동시에 염동력까지. 이 정도는 눈치채지 않게 쓸 수 있었다. 유령 물뱀은 비틀거리면서 흩어지기 시작했다.

"이런 젠장……. 모두 위 조심해라!"

"……?!"

유령 물뱀을 상대하는 동안 그들이 흐트러졌다고 생각했는지, 유령 몬스터들이 양옆에서 튀어나왔다. 두 마리의 유령 늑대. 그러나 위에서 나오지는 않았다. 대원들은 어째서 수현이 위를 조심하라고 했는지 이해가 가지 않아 고개를 갸웃거렸다.

그 의문은 바로 풀렸다. 파닥거리는 날갯짓 소리. 위에서 박쥐 떼가 나타난 것이다.

수현은 혀를 찼다. 염동력을 너무 노골적으로 사용하면 아무리 그래도 눈치채는 사람들이 나올 것이다. 적당히 힘을 숨겨가면서 쓰는 것도 고역이었다.

"저 박쥐는 왜?! 뭐라도 있습니까?!"

"늑대보다 박쥐를 조심해! 먼저 쏴 죽여라!"

유령 늑대야 이미 대원들도 상대해본 적이 있었고, 이렇게 거리를 둔 상황이니 상대하는 게 어렵지는 않았다. 불규칙하게 움직인다고 해봤자 여기 대원들도 훈련받은 군인. 충분히 맞춰 쏠 수 있었던 것이다.

그러나 박쥐는 달랐다. 덩치도 작은 데다가 늑대보다 훨씬 더 입체적으로 움직이며 달려들었다.

퍼퍼퍽!

"물리면 빙의 당한다. 소금 찜질 당하기 싫으면 알아서 피해!"

"……?!"

저 박쥐는 유령이 아니었다. 원래 살아 있던 박쥐를 죽이고 유령이 안에 빙의한 놈들이었다. 놈들은 계속해서 돌아다니면서 더 큰 숙주를 찾고 있었다.

처음으로 달려든 놈들은 수현의 사격에 정확하게 격추되어서 떨어졌지만, 다른 놈들은 허공으로 급선회하면서 다시 기회를 엿보고 있었다.

"둘은 각각 늑대를 견제해라. 나머지는 박쥐를 조준해. 무섭다고 섣불리 쏘지는 마라. 어차피 가까이서 한 방만 맞추면 부서질 놈들이니까."

수현의 말대로 대원들은 기민하게 움직였다. 유령 물뱀을 잡느라 흩어진 이들이 다시 진형을 갖추자 몬스터들은 섣불리 덤벼들지 못했다. 유령 늑대도, 빙의 당한 박쥐도 한 대 맞으면 그대로 쓰러진다는 걸 눈치챈 것이다.

"피하면 우리가 가야지. 먼저 움직인다. 늑대부터 해치워!"

몬스터들이 기회를 엿보기 위해 물러난 틈을 가만히 두고 볼 수현이 아니었다. 대원들은 재빨리 유령 늑대에게 달려들었다. 놈은 기겁해서 덤비려고 했지만 그 전에 몸통에 총탄이 꽂혔다.

반대쪽에 있던 놈은 그 틈을 타 등을 치려고 했지만, 수현은 이미 놈의 움직임을 꿰고 있었다. 염동력으로 다리를 묶어버린 후 머리통을 날려 버렸다.

남은 건 박쥐 떼. 대원들이 견제하듯이 조준하고 있는 동안 수현은 총을 바꿔 들었다. 본질은 유령 몬스터지만 빙의하고 있는 순간에는 총탄으로도 데미지를 줄 수 있었다.

한 발에 하나씩. 정확한 사격에 박쥐들이 땅바닥으로 떨어지기 시작했다.

결국 놈들은 자살돌격이라도 하려는 것처럼 흩어지며 돌진했다. 대원들은 이를 악물고 쏘아댔다. 사방에 박쥐 시체가 비처럼 쏟아졌다.

"악! 젠장!"

전부 다 정리가 되어가는 와중에, 허공에서 수직으로 낙하한 박쥐 하나가 김창식의 뒷목을 물었다. 김창식은 욕설과 함께 박쥐를 잡아 뜯듯이 집어 던져 버렸다. 시큰거리는 통증이 뒷목에서 올라왔다.

"물, 물렸냐?"

"어…… 물리긴 했는데, 나 괜찮은데? 진짜야!"

"응. 거기서 더 다가오지 마라."

"진짜로 괜찮다니까! 빙의 안 당했어!"

대원들은 순식간에 총구를 김창식에게 겨눴다. 동료들에게 공격당할 처지가 되자 김창식은 울상을 지었다.

"팀장님, 쏠까요? 쏩니다?"

"야 이 개새끼들아! 안 당했다니까?!"

"빙의 당하다 말았나 보군. 엎드려라. 치료해 줄 테니까."

"팀장님……!"

김창식은 지옥에서 부처라도 만난 표정으로 수현을 쳐다보았다.

"빙의 당하다 말았다니요?"

"원래 멀쩡한 놈한테 빙의하는 데는 시간이 좀 걸려. 저 박쥐처럼 다른 데 빙의한 유령이 다시 넘어오는 데에는 더 걸리고. 빙의하기 전에 저렇게 죽여 버렸으니 괜찮을 거다."

수현은 김창식을 잡고 고개를 숙이게 했다. 뒷목 부분이 시퍼렇게 부어올라 있었다.

"빙의 당하다 말면 독에 가깝지. 자. 봐라. 빙의 당한 놈들은 몸에 이런 상처를 한 군데 달고 있을 가능성이 크다."

"오오……"

"저기, 치료부터 먼저 해주시면……."

"시체가 아니라 유령 자체에 빙의 당해도 마찬가지입니까?"

"그래. 가장 먼저 접촉한 부분이 변색하지. 원래 빙의 당한 놈은 행동으로 알아보기 쉽다. 어지간해서는 들통이 나거든. 어색하게 움직인다든가, 대답을 하지 못한다든가. 그렇지만 가끔 머리 좋은 놈이 있다. 그런 놈은 위장도 제법 하니까 골치가 아프지. 그럴 때는 이런 걸로 파악을 해라. 제대로 빙의 당한 놈은 변색 범위가 더 크니까."

졸지에 교육 교재가 된 김창식은 한숨을 쉬었다. 방심한 순간, 짜릿한 통증이 뒷목에서 몰려왔다.

"으아아악!"

"나야 치유 능력이 있으니까 이렇게 편하게 하지만, 내가 없을 경우에는 빠르게 대처해라. 소금과 물로 상처를 씻어낸 다음에는 일반적인 상처로 여겨도 된다."

"그, 그냥 치유를 해도 되지 않았……?"

"독에 가깝다고 했잖아. 치유 능력은 외상에는 탁월하지만 이미 들어간 독을 완전히 제거해 주지는 못해. 괜히 외상만 아물게 했다가 부작용 일어나고 싶나?"

그 말을 듣자 등에 소름이 돋았다. 김창식은 얌전히 입을 다물었다. 고통이 올라왔지만 다른 부작용을 생각하니 참을 만했다.

"끝났다. 주변이 대충 정리된 것 같으니 야영지로 이동하자."

"야영지가 있습니까?"

대원들은 의아하다는 듯이 물었다. 그들이 보기에, 이 동굴은 도저히 안심할 수 없는 곳이었다. 일반적인 몬스터 상대로 통하는 경계가 전혀 통하지 않으니 쉴 때도 안심할 수가 없었다.

"그런 게 없었다면 여기에 들어오지는 않았겠지. 하루 만에 깨고 나갈 수 있는 곳이 아닌데."

대원들은 감탄한 표정으로 수현의 뒤를 쫓았다. 수현이 찾고 있는 야영지는 천연 암염층과 비슷한 지형으로, 동굴 내에서도 유령 몬스터들이 접근을 잘 안 하는 곳이었다. 완벽하지는 않지만 쫓기지 않는 상태에서 들어가기만 한다면 추

적을 피하는 게 가능했다.

"……?"

수현이 동굴 벽 앞에서 발걸음을 멈추자 대원들은 당황했다. 언제나 자신 있게, 모든 걸 알고 있다는 것처럼 행동하는 수현이 이렇게 멈춰서 이상하다는 표정을 짓고 있는 건 드문 일이었기 때문이었다.

"무슨 일입니까?"

"아니……. 이상하군. 여기에 통로가 있어야 하는데?"

호숫가 옆에 난 길로 이동하면 좁은 통로를 지나 빈 공터가 나왔다. 벽과 거리가 있는 둥근 지형에, 암염층 때문인지 유령 몬스터들도 제대로 접근하지 않는 곳이었다.

그런데 지금 그 통로에는 벽이 생겨 있었다.

'시간 차이 때문인가?'

이해가 가지 않았다. 시간이 얼마나 당겨졌다고 없던 벽이 생겨난단 말인가. 이 주변에는 동굴 지형 부수고 다닐 만한 몬스터도 없었다.

"정보가 틀린 것 아닙니까? 완벽한 정보란 건 없으니까……."

다른 사람들은 수현이 구해온 정보에 오차가 있을 수도 있다고 생각했는지 그렇게 말했다. 그러나 수현은 어디서 들어온 정보를 토대로 행동하는 게 아니었다. 모두 그가 직접 경험한 일을 기반으로 행동하는 것이었다. 당연히 틀릴 리 없었다.

"색이 다르다."

"예?"

"이걸 봐라. 옆의 동굴 벽과 색이 달라."

"……!"

박수용은 속으로 혀를 내둘렀다. 지금 불을 켜고 이동하고 있긴 했지만, 그렇다고 해서 대낮처럼 밝은 건 아니었다. 게다가 두 벽의 색 차이는 그렇게 크지 않았다. 그걸 바로 눈치채다니.

"색이 다르긴 한데……. 그럼 뭡니까? 몬스터?"

"여기서 벽을 만드는 몬스터는 없지. 다른 초능력자가 왔다 간 적 있나 보군."

"……?!"

다른 가능성을 제외하고 나면 그게 가장 가능성이 컸다. 여기까지 오는 게 불가능하지는 않았다. 제법 능력이 되는 초능력자 여럿이 도망치지 않고 계속 움직인다면 어떻게든 뚫고 들어올 수는 있었을 것이다.

"그러면 이 주변에 생존자가 있을 수도 있습니까?"

"그건 무리일 거 같은데. 이 벽을 만든 게 다른 초능력자라고 쳐도, 계속 이 동굴 안에서 싸웠다면 죽거나 빙의 당했을 거다."

수현의 냉정한 말에 대원들은 속으로 침을 삼켰다. 그러거나 말거나, 수현은 벽을 부수려고 했다. 생존자가 있든 없든 그건 중요하지 않았다. 지금 중요한 건 휴식처였다.

이럴 때는 주변의 눈이 귀찮았다. 주변에 눈이 있는 이상 염동력으로 부술 수는 없었다.

'젠장. 귀찮군.'

"벽을 부수실 겁니까?"

"좋은 의견이라도 있나?"

"부수는 거면 제가 할 수 있습니다."

"······?"

수현의 의아함을 눈치챘는지, 김창식이 설명했다.

"성재가 전투공병 출신이잖습니까. 폭발물 다루는 건 맡기셔도 됩니다."

"그랬나?"

수현은 그가 스스로의 능력에만 너무 집중하고 있었다는 걸 깨달았다. 이들은 초능력자가 아니긴 했지만 군인 출신이었다. 당연히 개개인의 재주가 따로 있는 것이다.

'안 좋은 습관이 나왔군.'

전에는 대원들이 거의 다 초능력자였기에 거기에만 집중하게 된 모양이었다. 이들을 총을 들고 싸울 수 있는 쓸 만한

전투원으로만 여겨서는 안 됐다. 조승현이 데리고 왔다는 건
그럴 만한 이유가 있는 것이다.

"이 정도라면 평소 갖고 다니던 걸로 부술 수 있습니다.
부술까요?"

"좋아. 허락한다."

수현은 말과 동시에 원견 마법을 켰다. 동굴 안에서는 쓸
일이 없어서 켜지 않았지만, 지금은 쓰기 적당한 상황이었
다. 다른 초능력자가 여기에 벽을 만들었다는 건 일반적인
경우와는 일이 달라졌다는 걸 의미했다. 혹시 모르니 확인을
해봐야 했다.

"……?!"

"제대로 설치하긴 했는데, 일단 다들 뒤로 물러나라고. 팀
장님도요."

모두가 물러나자, 정성재는 벽에 설치한 폭발물을 작동시
켰다. 솜씨 좋게 방향을 설정한 덕분에 폭발은 다른 곳으로
퍼지지 않고 정확하게 벽을 박살 냈다.

"솜씨 괜찮군."

"하하. 감사합니다."

"아직 안 녹슬었는데?"

"시끄러. 이 자식아."

정성재는 김동욱의 말에 그렇게 대답했지만, 기분 좋은 표

정을 숨기지는 않았다. 여기서 일하고 있는 대원들은 모두 수현에게 업혀가고 있다는 미안함을 가지고 있었다. 일하러 와서 한 명한테 의존하는 건 부끄러운 일이었다.

그런 상황에서 특기를 보여줄 상황이 되자 기쁘지 않을 수가 없었다. 최소한 밥값을 하고 있다는 느낌은 들지 않는가.

"모두 물러서라."

"……?"

"안에 사람이 있다."

"……!"

수현의 말에 대원들은 즉각 반응했다. 그들도 이제 이 주변이 어떤 곳인지 대충 감을 잡고 있었다. 안에 사람이 보일 때, 그 사람이 진짜 사람일 가능성보다는 빙의 당한 시체일 가능성이 컸다.

"쏠까요?"

"아니, 진짜 사람 같은데."

"예?! 어떻게요?!"

"이 지역 특성 때문에 버틴 걸 수도 있고……. 긴장은 풀지 마라."

안에 있는 사람은 총 네 명. 드워프 남자 하나에 인간 남자 둘, 인간 여자 하나라는 특이한 조합이었다.

그러나 그들에게는 공통점이 있었다. 모두들 누워서 움직이지 않고 있었던 것이다.

"죽은 거 아닙니까? 혹은, 죽은 척하고 있다가 접근하면…….."

"무슨 공포 영화냐?"

"유령 중에서 그런 전략을 쓰는 놈도 있긴 한데, 그건 아닐 거다."

수현은 이 공터 주변의 효과를 알고 있었다. 유령 몬스터는 여기서 오래 머무르려고 하지 않을 것이다.

"그냥 탈진 같군. 안으로 들어와라."

대원들은 수현의 뒤를 따라 조심스러운 자세로 공터 안에 진입했다. 확실히 수현이 말한 대로였다. 이 주변은 야영지로 적합한 장소였다. 벽과의 거리가 멀고, 만일의 상황에도 대처하기가 쉬웠다. 게다가 유령이 접근하기 힘들기까지 하면 더더욱.

수현은 거리낌이 없었지만, 대원들은 이들이 꽤나 의심이 가는 모양이었다. 하나같이 총구를 내리지 않고 조준하고 있었다.

'너무 교육이 잘 됐나?'

그렇게 조심하라고 말한 건 수현이었으니 이제 와서 뭐라고 할 생각은 없었다.

"탈진, 탈진, 탈진, 탈진하고 빙의 당하다 말았군. 집에서 영양제 갖고 와라. 깨워서 물어봐야겠다."

인간 남자 한 명은 팔에 시퍼런 상처가 있었다. 상태를 보아하니 제대로 빙의 당하기 전에 적을 죽인 모양이었지만, 독은 그대로였다.

"물린 지 좀 됐나 보군. 거의 썩었는데."

"자릅니까?"

"치유 능력 있으니까 도려내기만 해도 될 거 같은데……."

"허, 허억!"

"……!"

누워 있던 남자는 소리에 눈을 뜬 모양이었다. 그는 눈앞에 서 있는 대원들을 보고 기겁해서 이를 악물었다. 허공에 빛이 모이는 걸 보고 수현은 혀를 찼다.

"자라."

빡!

역시 여기 있는 인원들은 대부분이 초능력자인 모양이었다. 대충 무슨 생각으로 초능력을 쓰려고 한 건지는 짐작이 갔다. 탈진 상태에서 깨어났는데 사람으로 보이는 놈들이 있다면 일단 빙의 당한 놈들로 추측했을 가능성이 컸다. 모습들을 보아하니 여기서 시달릴 대로 시달린 게 분명했다.

"그, 그렇게 세게 때려도 됩니까?"

"죽으면 자기 운명이지. 그러면 저놈이 쏜 초능력에 네가 맞을래?"

수현은 담담하게 말하면서 기절한 남자를 엎드리게 했다. 일어났을 경우 초능력을 바로 사용하지 못하게 하기 위해서였다. 그런 후 소금과 물을 이용해 빙의 당한 상처를 치료했다.

"이놈은 끝났고. 김창식, 이놈 보고 있다가 일어나서 상황 파악 못하고 초능력 쓰려고 하면 후려쳐라. 다른 놈들 중에서 깨어난 놈 있나?"

"여기 드워프가 정신을 차린 것 같습니다만."

"잘 됐군."

영양제를 놓자 가장 먼저 일어난 건 드워프였다. 그는 희미한 신음 소리를 내며 몸을 일으켰다. 눈을 뜬 드워프는 수현이 주먹을 쥐고 있는 걸 보고 기겁해서 물었다.

"뭐, 뭡니까?"

"아. 미안하군. 초능력을 쓰면 후려치려고 했지. 정신이 들었나?"

"네, 네."

"혼란스러울 테니 우리 소개부터 먼저 하지. 우리는 엉클 조 컴퍼니다. 이 카크리타 계곡 탐험을 의뢰받아서 들어왔고, 동굴 안을 탐색하던 도중 너희들을 발견했다. 이해했나?"

"이해했습니다."

"그러면 너희들은 누구지? 설명할 수 있겠나?"

"설명할 수 있습니다. 그……. 저는 원래 이 사람들과 같이 일하는 사람이 아니라, 이번 일 때문에 고용된 사람입니다."

"……?"

생각지도 못한 의외의 말에 수현은 신기하다는 표정을 지었다. 이종족이 일하는 용병 회사는 놀라운 게 아니었다. 초능력자 비율이 더 높으니만큼 당연한 걸지도 몰랐다. 그렇지만 이번 일 때문에 고용되다니?

"이번 일 때문에 고용되다니. 그게 무슨 소리지?"

"저희 부족에는 대대로 내려오는 이 주변 지도가 있어서……. 그걸 확인한 이 사람들이 제안을 했습니다."

여기까지 왔다는 것 자체가 이들의 실력을 증명했다. 당연히 어느 정도 덩치가 있는 용병 회사일 것이고, 그런 회사가 제안을 했으니 거절하기 힘들 정도로 좋은 제안이었을 것이다.

"지도라니. 신기한데? 어떻게 갖고 있었던 거지?"

"저희 부족의 선조들이 이 주변을 팠다고 들었는데……. 잘은 모르겠습니다."

"……!"

수현은 낮게 휘파람을 불었다. 이 주변의 자세한 배경이야 짐작만 가능했지 실제로 정보를 얻지는 못했는데, 이렇게 실제로 연관이 있는 이종족을 보게 되다니.

"재미있군. 계속 이야기해봐. 그래서 여기 들어오기 전에 뭘 알고 들어왔지?"

소금으로 해결된다는 걸 알았다면 이 고생을 할 이유가 없었다.

수현은 이들이 뭘 알고 들어왔는지 궁금했다. 드워프는 그가 갖고 있는 정보들을 늘어놓았다. 역시 소금이 약점이란 사실은 모르고 있었다.

그가 알고 있는 정보는 이 동굴의 대략적인 지도와, 안전한 구역, 그리고 동굴 끝에 정령이 들린 무기가 있다는 정보뿐이었다.

'아티팩트로군.'

이종족들이 아티팩트를 표현하는 방식은 다양했다. 수현은 듣자마자 그게 아티팩트를 뜻하는 걸 짐작할 수 있었다.

'정보를 얻고, 아티팩트가 있다는 말에 혹해서 들어온 건가? 초능력자들은 정말 겁이 없다니까.'

어느 정도 수준이 되는 초능력자들은 그들의 능력을 지나치게 과신하는 경향이 있었다. 어디에 들어가더라도 몬스터를 해치우고 빠져나올 수 있다고 생각하거나, 최소한 도망은

칠 수 있다고 자신하는 오만함.

"아. 회사 이름을 물어보는 것도 까먹을 뻔했군. 여기 회사 이름은 뭐지?"

"블루베어입니다."

"아는 사람?"

수현은 고개를 돌려서 대원들에게 물어보았다. 이소희가 살짝 눈썹을 찌푸리며 말했다.

"미국계 용병 회사일 겁니다."

"유명한 곳인가?"

"네. 나름 이름이 알려진 곳입니다."

공식적으로 군대가 진출한 국가는 네 곳뿐이지만, 용병 회사가 진출한 국가는 셀 수도 없이 많았다. 그냥 내버려 두고 지켜만 보기에는 카메론 행성은 지나치게 매력적이었다.

그렇지만 카메론 행성에 있는 도시들은 저 네 국가가 각각 나눠 가지고 있는 상황.

다른 국가의 용병 회사가 진출하려면 협력이 필요했다.

그 협력을 받기 가장 쉬운 나라가 바로 미국이었다. 중국, 러시아는 그 특유의 시스템 때문에 허락을 받기 힘들었고, 미국이나 한국이 그나마 타 국가가 허락을 받고 들어갈 만한 곳이었다.

그리고 미국과 한국을 비교한다면, 유럽권이나 북미권 국가는 역시 미국을 선호할 수밖에 없었다.

'그런데 왜 난 기억에 없지?'

어느 정도 규모가 되는 용병 회사는 망하지 않을 것 같은 느낌을 풍겼지만, 사실 카메론에서 그런 일은 자주 일어났다. 아무리 조심해도 사고는 일어났기 때문이었다. 1팀이나 2팀이 전멸이라도 해버리면 그 피해는 쉽게 회복하기 힘들었다.

수현의 팀이 여기에 도착하지 않았다면, 이들은 여기서 죽었을 가능성이 컸다. 그걸로 회사가 망하는 건 이상하지 않았다.

"미국계에, 유명한 용병 회사면……. 구해줘서 손해 볼 건 없겠지. 계산은 확실히 하는 애들이니까."

러시아나 중국 측 용병 회사는 구해주기 전에 머리를 굴려 봐야 했다. 보상을 떠나서 괜히 귀찮은 일에 휘말릴 수도 있었으니까.

그러나 미국 측 회사는 그런 걱정을 할 필요가 없었다. 그래도 그나마 합리적으로 돌아가는 곳이니까.

스스로를 무자크라고 소개한 드워프는 천천히 회복하면서 알고 있는 것들을 이야기했다. 외부인이기는 했지만 여기까지 이동하면서 어느 정도는 서로에 대해 알 수밖에 없었다.

"나머지 인원은?"

"전부……. 바깥으로 나갔습니다. 여기서 있어 봤자 죽을 뿐이라고……. 다 나가자 스콧 씨가 벽을 세웠고……."

이들은 바깥보다 더 강력해진 몬스터의 공격에 대응을 잘 못했다.

결국 물자의 대부분을 잃고 도망치듯이 안전지대로 피할 수밖에 없었다. 드워프의 정보가 아니었다면 그전에 죽었을 것이다.

그다음에는 내부에서 의견이 갈렸다. 방법이 없는 한 끝까지 버텨야 한다는 파와 여기 있어 봤자 말라죽을 뿐이라는 파로. 후자를 주장한 초능력자들은 길을 뚫기 위해 사라졌고, 전자를 선택한 초능력자들은 여기 남았다.

'다 죽었겠군.'

안 봐도 모습이 그려졌다. 이미 여기까지 온 것만으로도 지치고 다친 이들이 뚫고 나갈 확률은 없다고 봐야 했다.

"그나저나 판단력이 괜찮은데?"

나가면 죽는다는 걸 알아도 보통 사람들은 그걸 선택했다. 앉아서 천천히 말라죽느니 일말의 확률에 도박을 거는 것이다.

"구해주실 겁니까?"

"뭐야. 불만인가?"

"아니요, 그런 게 아니라……."

박수용은 불안한 표정이었다. 조심성 많은 그의 성격으로 봤을 때, 이들이 이후 분배에서 귀찮은 걸림돌이 되지 않을까 걱정하는 것 같았다. 일반인들이 아니라 초능력자로 이루어진 팀이었다. 억지를 부릴 만한 힘이 있었다.

"걱정 말라고. 억지를 부리면 내가 가만히 있지 않을 테니까."

자원봉사하러 온 것도 아닌데, 주제 파악도 못 하는 놈들을 데리고 다닐 생각은 없었다.

"그나저나 얘네들은 왜 이렇게 안 깨어나? 초능력자들이 드워프보다 약하나?"

"한 명은 팀장님께서 패셨……."

"시끄럽고. 우리도 쉴 준비를 하자. 오늘은 어차피 여기서 쉬게 될 테니까."

"ㅁ……."

"……?"

희미하게 들린 목소리에 모두의 시선이 그쪽으로 쏠렸다. 수현은 누워 있는 여자에게 다가갔다.

밝은 금발을 뒤로 묶어 넘기고, 균형 잡힌 몸을 가지고 있는 여자였다. 오래 굶어서인지 얼굴은 초췌했지만, 기본적으로 아름다운 외모를 가지고 있었다. 잘생김과 아름다움이 반반쯤 섞인 느낌이었다.

"ㅁ? ㅁ가 뭐죠?"

"먹을 거 달라는 거 아냐?"

"헛소리하지 마라. 지금 그럴 분위기냐?"

박수용이 김창식에게 면박을 주었다. 다른 이들도 한심하다는 듯이 김창식을 쳐다보았다. 김창식은 시무룩해져서 고개를 숙였다.

"먹을 것 좀……."

"……."

"……갖고 와라."

수현이 손가락을 까딱거리자 김창식은 다른 사람들을 노려보며 자리에서 일어섰다.

열악한 환경에서 버티면서 일해야 하는 일인 만큼, 용병들은 먹는 걸 아끼지 않았다.

그나마 즐거움 중 하나가 먹는 즐거움인 것이다. 수현은 칼로리팩만 몇 달 먹어도 별로 상관없었지만, 대부분은 그렇지 않았다.

"불고기? 돈가스?"

"지금 그런 거 따질 때냐? 아무거나 내놔."

수현은 받은 팩의 줄을 잡아당겼다. 기본적으로 유통기한이 없다고 봐도 좋을 정도로 보존 기능이 뛰어난 팩이었다. 줄을 잡아당기자 적당히 데워졌다.

"일어나서 먹지?"

"ㅁ……."

"……?"

"먹여줘."

"……."

"팔에 힘이 안 들어간단 말이야."

수현은 다른 놈들을 시키려고 고개를 돌렸다. 그러나 아무도 시선을 맞추려고 하지 않았다. 결국 수현이 숟가락을 들어 입안에 손수 퍼주기 시작했다.

"아. 좀 살 거 같다……."

"살 거 같으면 네가 알아서 먹어라. 이제."

"아야!"

숟가락을 이마에 집어 던지자 여자가 울상을 지었다. 그녀는 총기가 돌아오는 녹색 눈동자로 주변을 둘러보았다. 갑작스러운 변화에도 전혀 당황하지 않는 모습이 상황을 파악하지 못해서인지, 아니면 원래 간이 큰 건지 구분이 가지 않을 정도로 태연해 보였다.

"그래서…… 누구? 용병들은 맞지?"

"엉클 조 컴퍼니."

"한국? 중국? 아. 혹시 일본?"

"한국."

"휴. 다행이다."

"뭐가 다행이라는 겁니까?"

뒤에서 듣고 있던 김창식이 의아하다는 듯이 물었다.

"중국이면 엄청 뜯길 테니까……. 한국 쪽이면 무리한 요구는 하지 않겠지. 그래도 우방이잖아?"

"우방은 무슨. 한국군도 아닌데 무슨……. 헛소리하지 말고 상황 설명이나 해봐."

수현은 적당한 바위 위에 앉아서 여자를 쳐다보았다. 초능력자 중 독특한 성격이 많다는 건 알고 있었지만, 이 여자도 보통은 아닌 것 같았다. 죽었다 살아난 사람이 바로 이런 태도를 보여주는 건 흔하지 않았다.

"음. 저기. 설명해 주는 건 어렵지 않은데……. 그보다 무자크는 먼저 일어나 있었네?"

"아. 네. 저분들이 도와주셨습니다."

"그러면 무자크가 설명하고, 나는 그동안 이거 하나만 더 먹으면 안 될까?"

수현은 진지하게 이들을 그냥 버려두고 갈까 고민하기 시작했다.

여자, 제니퍼 맥클레인이 한 설명은 무자크와 크게 다르지 않았다. 여기까지 온 상황 설명은 거의 비슷했고 추가로 알게 된 건 그들의 자세한 신분이었다.

"블루베어 2팀이라고?"

"응."

입안에 밥을 한가득 담은 채 고개를 끄덕이는 제니퍼를 보며 수현은 심드렁한 표정을 지었다.

"다른 팀원들은 어떻게 됐는지 아나?"

"아마 죽었겠지?"

"……안타깝거나 하지는 않나?"

"안타깝기는 한데, 난 분명히 나가지 말자고 말렸어. 무시하고 나간 건 걔네들이고."

"뭐. 길게 해서 좋을 것도 없는 이야기니……. 저 드워프한테 들었다. 아티팩트를 찾아서 왔다고."

"응."

"우리도 마찬가지다. 어떻게 생각하나?"

"뭘 어떻게 생각해. 그쪽이 가져. 우리는 목숨만 건지면 되니까."

1초도 고민하지 않고 바로 즉답하는 제니퍼를 보고 수현은 속으로 감탄했다. 이상한 모습이 있기는 했지만, 상황을 파악하는 눈이 있는 여자였다.

"계약서라도 써줄까? 아. 설마 우리를 여기에 버려두고 가려는 건 아니지? 인간적으로 그러지는 말자. 나가면 제대로 보상해 줄게! 우리가 중국 쪽 회사도 아니고, 설마 입 씻고 도망치겠어?"

수현이 대답을 하지 않자 멋대로 오해했는지 제니퍼는 급하게 말하기 시작했다.

"같이 다니는 건 어렵지 않아. 그쪽도 드워프를 제외하면 전원 초능력자일 테니, 전력에 도움이 되면 됐지 안 되지는 않겠지."

"응. 응. 다들 쓸모 있을 테니 걱정하지 말라고."

"……너 진짜 팀장은 맞지?"

"실례네! 다른 사람들 깨워서 물어보라고!"

제니퍼가 목소리를 높인 것 때문에 안경을 쓴 붉은 머리 남자도 일어난 것 같았다. 그는 머리가 아픈 듯 얼굴을 찌푸리며 주변을 둘러보았다.

"무슨……. 맥클레인 아가씨. 뭡니까?"

"엉클 조 컴퍼니래. 내가 여기 남아 있자고 할 때 말을 들어서 다행이지?"

"지금 그런 말을 할 때가……."

스콧은 엉클 조 컴퍼니의 이름을 기억에서 훑어보았다. 그러나 그런 이름의 회사는 들어본 적이 없었다.

"그보다 무자크도, 스콧도 일어났는데 화이트먼은 왜 안 일어나? 제일 튼튼한 사람이.”

“부상 때문에 그런 거 아닐까 싶습니다만.”

“부상은 치료해 뒀다.”

“……?!”

수현은 손을 들어서 흔들어 보였다. 단순한 동작이었지만 이들 모두 초능력자였다. 무슨 뜻인지 바로 이해했다.

“치유 능력자였어?!”

“그 정도 되니까 치료가 가능하지.”

제니퍼에게 상황 설명을 들은 스콧은 안도의 한숨을 내쉬었다. 정말로 운이 좋았다. 죽기 직전에 타 용병 팀이 그들을 발견한 것도 모자라 거기에 치유 능력자까지 있다니.

“정말 감사합니다. 성함이…….”

“김수현.”

“김수현 씨, 밖에 나가게 되면 공식적으로 감사를 드리겠습니다.”

“그쪽이 더 팀장 같은데.”

악수를 하며 수현이 그렇게 말하자 스콧이 쓴웃음을 지으며 고개를 저었다.

“아뇨. 맥클레인 아가씨가 팀장입니다. 저래 보이셔도 실력은 확실하신 분이시니 걱정하지 않으셔도 됩니다.”

“화이트먼도 슬슬 깨워야 하지 않을까? 치유 능력자가 치료도 해줬다는데 왜 못 일어나지?"

"내버려 둬. 때 되면 알아서 깨겠지."

주먹으로 후려쳐 잠재운 범인인 수현은 표정 하나 변하지 않고 그렇게 말했다.

"으으. 젠장……."

"일어났네. 팔은 괜찮아?"

"예? 감사합니다. 그보다 상황이……."

누군가 그를 후려친 기억이 어렴풋하게 있었기에, 화이트먼은 고개를 갸웃거렸다. 제니퍼는 방금까지의 상황을 간단하게 설명해 주었다.

"엉클 조 컴퍼니? 들어본 적 없는 곳인데요."

"나도 블루베어 들어본 적 없으니 퉁치자고."

간단하게 식사를 때우던 수현이 그 말을 듣고 심드렁하게 대답했다.

"블루베어를 들어본 적 없다고? 그게 말이 돼?"

"들어본 적 없으면 들어본 적 없는 거지. 왜 말이 되고 안 되고가 나오지?"

"중국 쪽이 아니라 한국 쪽이라며. 그런데도 우리를 모른다고?"

"귀찮게 만드는군."

수현은 샷건을 집어 들었다.

"빙의 당한 걸 치료한 줄 알았는데. 치료가 덜 됐나?"

"뭐?"

"구해줬으면 가장 첫마디로 감사합니다. 그다음에는 나갈 때까지 구해주신 은혜를 갚기 위해 견마지로를 다하겠습니다. 이렇게 나와야지. 구해줬더니 깨자마자 하는 말이 들어본 적 없는 회사냐? 지나치게 뻔뻔하고 개념이 없는 걸 보니 빙의 당한 거 맞네. 괜찮아. 이거 한 방이면 치료가 된다."

"잠, 잠, 잠깐!"

수현의 기색은 진지했다. 수현이 어떤 사람인지 몰랐기에 블루베어의 대원들은 새파랗게 질렸다. 제니퍼가 둘 사이에 급히 끼어들었다. 그녀는 화이트먼의 머리를 잡고 아래로 강하게 눌렀다.

"미안! 이 인간이 가끔 개념 없는 헛소리를 해. 빙의 당한 건 아니야! 원래 이런 인간이라고. 자. 사과해. 화이트먼. 빨리!"

"죄, 죄송합니다."

사과하는 화이트먼을 본 수현은 혀를 차고 총을 내려놓았다. 화이트먼은 풀이 죽어서 입을 다물었다.

'진짜 능력은 있나 본데.'

방금도 여기서 부딪혀봤자 그들이 죽어 나갈 걸 뻔히 알고 있었기에 끼어든 게 분명했다. 저 화이트먼이라는 놈처럼 회사에 대한 자만심으로 상황을 제대로 못 보는 놈과는 차원이 달랐다.

"김수현 씨, 그런데…… 실례가 되지 않는다면 몇 가지 물어봐도 괜찮겠습니까?"

"대답은 듣고 생각해 보지."

"여기에 이렇게 멀쩡하게 오실 정도면 분명 대단하신 실력자들 같으신데, 그에 비해 이름은 조금 덜 유명한 것 같아서……. 혹시 새로 결성된 곳이거나, 아니면 그럴 만한 이유가 있으십니까?"

화이트먼이 생각 없이 입을 놀렸다가 호된 꼴을 당할 뻔했기에, 스콧은 최대한 조심스럽게 물어보았다. 아무리 그래도 여기에 이렇게 멀쩡하게 올 정도의 팀이 이름도 알려지지 않았다는 건 신기할 수밖에 없었다.

"그럴 만한 이유가 조금 있지. 새로 생기기도 했고."

"아……."

'한국 정부 관련이거나, 아니면 대형 회사에서 새로 쪼개져 나왔나 보군.'

"궁금증은 대충 풀렸나?"

"예? 아. 예."

"그러면 정리하지. 우리도 일정이 있어서 말이야. 오늘까지만 여기서 쉬고 내일부터는 다시 이동할 생각인데, 그때까지 회복하고 따라붙을 수 있겠지?"

"물론입니다. 그건 걱정하지 않으셔도 됩니다."

스콧은 눈치 없는 사람이 아니었다. 지금 이들은 여기에 놀러 온 것도 아니고, 그들을 구하기 위해서 온 것도 아니었다. 어디까지나 일을 하기 위해서 온 것이었다.

그런 이들의 발목을 붙잡고 늘어질 수는 없었다. 지금이야 저쪽이 꽤나 호의적인 모습을 보여주고 있었지만, 언제라도 수틀리면 갈라질 수 있었다. 용병에게 인도주의적인 책임감을 기대하는 건 무리였다.

이미 아티팩트를 얻겠다는 목적은 끝장이 난 것이나 다름없었고, 지금 가장 중요한 건 살아서 나가는 것이었다.

"괜찮냐?"

"네……."

"그렇게 생각 좀 하고 말하지."

스콧은 화이트먼을 보고 혀를 찼다. 실력이 없는 놈은 아니었는데, 젊은 데다가 초능력까지 있다 보니 좀 자신감이 과했다.

젊은 초능력자들이 대부분 비슷한 모습을 보여주기는 했지만…….

'이런 상황에서는 그러면 안 되지.'

평상시나, 문제가 없을 때는 괜찮았지만 이렇게 숨여야 할 때도 그 버릇을 못 버리니 이렇게 욕을 먹었다.

"팔은 괜찮냐?"

"네? 네……."

"대단하군. 우리 쪽 치유 능력자가 1팀, 4팀이었나? 1팀 치유 능력자도 이렇게 빠르게는 못 한 것 같은데……. 나중에 따로 감사 인사 하라고."

"감사 인사요?"

화이트먼은 뚱한 표정을 지었다. 물론 고맙긴 했다. 그렇지만 그전에 그는 방금 수현한테 빙의 당했다는 어처구니없는 이유로 총을 맞을 뻔한 것이다.

"감사할 만한 일에는 감사하다고 말해야지. 그게 어른스러운 대응 아니겠냐. 안 그러고 다니면 널 도와줄 놈도 없을 거다."

"저쪽에 도움받을 일이 뭐가 있다고……."

"무슨 이야기 중이야?"

쾌활한 목소리. 제니퍼 맥클레인이었다. 그녀는 엉클 조 컴퍼니 대원들에게서 뜯어낸 음식 팩을 먹으며 앉아 있는 그들을 내려다보고 있었다.

"화이트먼한테 이야기 좀 하고 있었습니다. 말조심하라는 것과, 감사 인사는 따로 하라고요."

"어차피 돌아가면 보상을 해줄 텐데 감사 인사는……."

화이트먼은 싫다는 표정으로 고집을 부렸다. 제니퍼는 그걸 보더니 우물거리던 걸 꿀꺽 삼켰다. 그리고 주변을 둘러보았다.

엉클 조 컴퍼니 대원들은 조금 떨어진 곳에서 휴식을 취하고 있었다.

"야."

"……?"

"개소리하지 말고 스콧이 하라는 대로 해. 한 번만 더 헛소리 지껄였다가는 네 반짝거리는 대가리를 뜯어서 네 뒷구멍에 박아버릴 테니까."

제니퍼는 화이트먼에게 가까이 다가가서 나지막하게 속삭였다. 돌변한 제니퍼의 기색에 화이트먼은 기겁해서 고개를 끄덕였다.

"이해했어?"

"예, 예!"

"다행이네. 나쁜 뜻은 없었어. 무슨 소리인지 알지?"

"물론입니다!"

"그러면 가서 인사하고 와."

화이트먼은 세상에서 가장 하기 싫다는 표정으로 일어서서 수현에게 걸어갔다.

"맥클레인 아가씨……."

"왜? 나는 잘못 없어. 아까 화이트먼이 말한 거 들었잖아. 쟤 때문에 우리 다 죽을 뻔했다고. 저 정도는 해줘야 정신이 들지."

스콧이 힐난하는 기색으로 그녀를 쳐다보자 제니퍼는 어깨를 으쓱거리며 말했다. 평소에는 아무렇지도 않아 보였지만, 화가 나면 온갖 욕설을 내뱉으며 으르렁대는 그녀였다.

"그래도 그렇게까지 말할 필요는 없었잖습니까. 부상에서 회복된 지도 얼마 안 됐는데."

"지금 상황이 그렇게 만만해 보여? 저쪽 팀 기분 거스르면 그대로 여기서 미아 될 꼴인데……. 말 한 마디 할 때마다 생각하고 말하라고 해. 난 멍청한 놈 때문에 같이 죽는 건 사양이야."

스콧은 쓴웃음을 지었다. 확실히 제니퍼가 상황을 그보다 더 잘 이해하고 있었다. 지금은 화이트먼의 기분보다 살아나갈 걸 먼저 걱정해야 했다.

"몸은 괜찮으십니까?"

"괜찮아. 배도 찼고. 이거 나름 맛있는데, 하나 먹어볼래?"

"전 괜찮습니다. 그걸로 만족하실지 모르겠네요."

"내가 음식 가리는 사람도 아니고. 괜찮아. 괜찮아."

다시 우물거리며, 제니퍼는 수현과 엉클 조 컴퍼니 대원들을 훑어보았다. 보면 볼수록 신기한 팀이었다. 저 정도 되는 사람들이 아직 안 알려졌다는 게 호기심을 불러일으켰다.

"아까 물어보던데, 그래서 뭔가 알아냈어?"

"아니요……. 정부 쪽 회사거나, 아니면 다른 대형 회사에서 쪼개져 나온 팀 아닐까 싶은데요."

"더 물어보고 싶은데, 화이트먼이 괜한 소리를 해가지고. 정말!"

"어차피 밖으로 나가면 알게 되지 않겠습니까?"

"그렇긴 해."

제니퍼는 생각에 잠겼다. 블루베어 2팀도 초능력자로 본다면 결코 나쁜 전력이 아니었다. 그런 그들도 결국 뚫지 못하고 물량에 쓰러졌는데, 저 엉클 조 컴퍼니 팀이 무슨 재주로 뚫은 건지 궁금했다.

'초능력자 전력이 한 수 위거나, 아니면 뭔가 특수한 초능력이라도 있는 걸까?'

"내일부터 같이 돌아다닐 건데, 지시 안 합니까?"

수현은 블루베어 2팀에게 전원 휴식을 명령했다. 보초에 넣지도 않은 일종의 특혜였다.

"지시……. 다른 곳이면 모를까, 여기는 어차피 방법만 알면 꽤나 단순한 곳이라서. 저놈들이 바보도 아니고, 알아서 맞춰줄 거다. 그것도 못하면 살 자격이 없다고 봐야지. 그보다 저놈들을 보초 안 세운 건 이유가 있는데."

"……?"

"너무 믿지 말라는 거다. 물론 블루베어 정도 되는 회사의 팀원들이 미친 짓을 하지는 않겠지만, 세상일은 모르는 법이니까."

지금 상황에서 그들을 공격한다면 이 주변의 정보와 아티팩트까지 독점이 가능했다. 물론 그런 미친 짓은 어지간해서는 하지 못하겠지만, 조심해서 나쁠 건 없었다.

"몇 가지 주의사항을 주지. 첫 번째로, 저쪽이랑 대화하지 마라. 가벼운 대화도 그냥 하지 마. 네, 아니오로 끝내."

아까 사과하러 온 화이트먼을 보고 감이 왔다. 저기서 중요한 건 화이트먼이 아니라 스콧이나 제니퍼라고.

화이트먼은 재수 없기는 했지만 위험하지는 않았다. 수현은 이런 종류의 초능력자를 수십 명 넘게 봐왔다. 젊고, 철없고, 무엇보다 다루기 쉬웠다.

그러나 스콧과 제니퍼와 대화하는 건 위험했다. 수현을 제외한 대원들은 이런 식의 정보 빼내기에 익숙하지 않았다. 아무 생각도 없이 말했다가 탈탈 털릴 수 있었다.

'특히 저 인간이 가장 위험해.'

수현은 김창식을 의심스럽게 쳐다보았다. 김창식은 영문을 알지 못하고 의아하다는 듯이 고개를 갸웃거렸다.

"두 번째로, 저쪽에게 우리 신상을 알려주지 마라. 첫 번째를 잘 지키면 문제가 없겠지만……. 아예 대화를 안 할 수는 없겠지."

"신상이요?"

"특히 우리 인원 대부분이 초능력자가 아니라는 건 말할 필요 없어."

"……!"

저쪽이 필요 이상으로 예의를 지키는 것도 아마 이들 대부분이 초능력자라고 생각해서일 가능성이 컸다. 전력으로 부딪히면 바로 전멸할 거라고 생각하는 게 아니라면 저렇게 예의를 지킬 이유가 없었다.

"소금은요?"

"그건 말해줘야지. 어떻게 속이려고?"

"그렇지만 그건 가장 중요한 정보 아닙니까?"

"아니, 어차피 이번 일 끝나면 이 계곡은 가치가 없어질 거다."

저번에도 그랬듯이, 실력이 아닌 간단한 방법으로 해결이 가능한 지역은 그게 밝혀지는 순간 가치가 빠르게 떨어졌다. 이번 탐사가 끝나면 수현은 정부에 이 계곡을 공략하는 방법에 대해 자세히 보고서를 올릴 생각이었다.

그 정도 정보는 그걸로 수현의 팀이 얻게 될 명성에 비하면 사소한 것에 불과했다.

'숨길 수도 없고.'

장님이 아닌 이상 같이 다닌다면 그들이 뭔가 특별한 걸 쓰고 있다는 걸 눈치챌 것이다.

"소금?!"

"방법만 알면 마술처럼 간단한 게 없지."

수현에게 설명을 들은 블루베어 팀원들은 허탈한 표정을 지었다. 그것 하나만으로도 대부분의 문제가 해결이 된다니. 너무 간단해서 어이가 없었다.

"무자크……. 너희 전승에는 저런 건 없었어?"

"죄, 죄송합니다."

"아니, 네 잘못은 아닌데……."

제니퍼는 한숨을 푹푹 쉬었다. 이런 간단한 걸 몰라서 그렇게 고생을 했다고 생각하니 정말로 어이가 없었다.

"이 주변을 공략하면서 초능력은 사용하지 마. 비효율적이니까. 쓰고 싶다면 상관은 없는데, 쓰고 탈진하면 버리고 간다. 총 받고."

"아. 고마워."

"자. 앞에 서."

"응?"

수현은 친절하게 손으로 앞을 가리켰다. 대열 가장 앞에 서라는 뜻이었다.

"너무 노골적이지 않아?!"

"이해해 주니 고맙군. 역시 팀장이야."

블루베어 대원들이 수현의 배치를 이해하지 못할 리 없었다. 뒤에 세워놓으면 그들을 공격할 수도 있으니 믿지 못하겠다는 뜻 아닌가. 게다가 앞에 세워놓으면 만약의 상황에 등을 쏴버릴 수 있었다.

"걱정 마. 총알받이로 쓰거나 그러지는 않을 테니까. 살아 나가면 또 얼굴 봐야 하는데 그런 짓을 하겠어?"

블루베어 대원들은 한숨과 함께 총을 들었다.

"자. 가자고. 시간은 기다려주지 않으니까."

"오른쪽에서 나온다."

"……?!"

말과 함께, 엉클 조 컴퍼니의 대원들이 정지했다. 그리고 능숙하게 총구를 겨누고, 벽에서 몬스터가 튀어나오자마자 갈겨댔다.

집중포화를 맞은 유령 몬스터는 말 그대로 녹아내렸다.

"움직인다."

"잠깐, 잠깐, 잠깐!"

"……?"

엉클 조 컴퍼니의 대원들은 당황한 제니퍼를 이상하다는 듯이 쳐다보았다.

"방금 그거 어떻게 안 거야?"

"기업비밀이다. 앞으로 움직여."

"……."

제니퍼는 볼을 부풀리며 다시 앞으로 걷기 시작했다. 호수를 지나고 나면 지형은 다시 일직선으로 변했다. 이제 복잡한 길 찾기는 필요 없었다.

'역시 눈치가 빠르군. 초능력자라서 그런가?'

다른 대원들은 수현이 먼저 감지를 해내는 걸 수현의 예민한 감각 때문이라고 여기는 것 같았다. 김창식 같은 경우에는 수현이 육체 강화 수술까지 받았다고 생각하고 있었으니까.

그러나 저 제니퍼라는 여자는 무언가 이상하다는 걸 눈치챈 것 같았다.

'어차피 알아낼 방법은 없으니까.'

카메론 행성에서 경험이 많은 사람일수록 고정관념에 빠지기 쉬웠다. 그중 하나는, 인류 중에서 마법사가 나올 리 없다는 고정관념이었다. 이미 치유 능력자인 수현이 다른 초능력을 하나 더 갖고 있다는 의심은 쉽게 할 수 있는 게 아니었다.

아마 알려지지 않은 다른 수단으로 감지해냈을 것이라고 생각할 것이다.

"이봐. 무자크라고 했었나?"

"예."

"괜찮다면 여기에 대해서 더 듣고 싶은데. 부족에서 전해 오던 이야기 중 다른 건 뭐 없었나?"

무자크는 제니퍼를 쳐다보았다. 일단 돈을 주고 그를 고용한 건 블루베어였지 엉클 조 컴퍼니가 아니었다. 여기서 멋대로 말했다가는 문제가 생길 수 있었다.

제니퍼는 허락한다는 뜻으로 고개를 끄덕였다. 어차피 여기서 말하지 않고 버텨봤자 좋은 꼴은 못 볼 테니까.

이미 한 번 탐사를 끝낸 곳이지만, 수현은 방심하지 않았다. 카메론 행성은 무엇이 있을지 모르는 곳이었다. 그가 못 보고 넘어간 곳이 있을 수도 있었다. 아티팩트가 있는 곳이니만큼 만전을 기울여야 했다.

"정령이 있는 무기가 있는 방에는 함정이 있을 겁니다. 저희 선조들이 지키기 위해서 방비를 해뒀다고……."

"그거 말고 다른 건?"

함정에 대해서는 이미 알고 있었다. 직접 몸으로 겪어봤으니까.

수현의 계속되는 질문에 무자크는 무언가 쓸모 있는 말을 해야 한다는 압박감을 받았다.

"으, 으음……."

"정지. 다 온 거 같은데, 맞나?"

수현은 알고 있었지만, 처음 온다는 티를 내기 위해서 굳이 무자크에게 물었다. 무자크는 저 멀리 보이는 방의 입구를 보더니 고개를 끄덕였다.

"맞는 것 같습니다만……."

"됐군. 모두 주변 경계하도록. 함정부터 처리해야겠다."

"설마 그것도 우리한테 시킬 생각은 아니지?"

"나가서 법정에서 싸울 일 있나? 그런 걱정은 하지 말라고."

제니퍼는 수현의 말에 안도했다는 표정을 지으며 그의 어깨를 탁탁 쳤다.

"역시 그렇게까지 사악하지는 않을 줄 알았어!"

"그렇게까지?"

"아, 아니……. 무자크. 함정에 대해서 여기 수현한테 말해주는 게 어때?"

제니퍼는 급하게 말을 돌렸다. 무자크는 급하게 소형 PC를 꺼냈다. 부족들 사이에서 내려오는 정보를 저장해 놓은 물건이었다.

"양피지 같은 걸 쓰는 게 아니야?"

"인간들과 같이 돌아다니는 드워프가 왜 그런 걸 써? 헛소리하지 말라고."

엉클 조 컴퍼니 대원들이 떠드는 걸 무시하고 무자크가 입을 열었다.

"일단 입구에는 발판식 함정이 있……. 뭐하시는 겁니까?!"

무자크는 수현이 대놓고 안으로 들어가는 것을 보고 기겁해서 외쳤다. 그러나 아무런 일도 일어나지 않았다.

"몇백 년 넘은 함정이 잘 작동되면 그게 이상한 거지."

"……."

입구에 있는 발판식 함정은 이미 알고 있었다. 발판을 밟으면, 옆에 장치된 석궁에서 독이 발린 화살이 쏘아져 나왔다.

수현은 덜컥거리는 발판을 발로 툭툭 치며 말했다.

"이런 함정은 작동 안 된다고 봐도 괜찮아. 오히려 다른 게 위험하지."

말과 함께 수현은 옆의 발사구로 다가가 능숙하게 함정을 해체했다. 이미 낡아서 망가진 함정이었기에 해체하는 건 문제가 되지 않았다.

"봐도 됩니까?"

"이건 지구랑 다를 게…… 아, 그쪽은 흥미가 갈 수도 있겠군. 여기 있어."

이런 식의 함정이야 지구인들에게는 아주 예전의 유물일 뿐이었지만, 이 행성의 이종족들에게는 의미가 달랐다. 그들은 지식을 합쳐서 공유하지 않았다. 따로 나눠서 살아가면서, 필요한 지식만 보존하는 것이다.

그런 만큼 그들에게는 신기할 수밖에 없었다. 게다가 무자크 같은 경우에는 선조들이 여기를 만들었으니까.

"팀장님, 저희도 들어가도 됩니까?"

"들어오는 건 상관없는데. 더 이상 들어가지는 마라. 뭐가 있을지 모르니까. 작동되는 함정이 있을 수도 있어."

방 안의 구조는 넓은 돔을 연상시켰다. 원형으로 만들어진 공간에, 가장 중앙에는 무언가 제단 같은 게 설치되어 있었다.

거친 자연 그대로의 바깥과는 달리, 이 안의 벽면은 매끄럽게 칠이 되어 있었다. 그리고 그 위에는 알 수 없는 문자들이 보였다.

"저거 다 촬영하는 거 잊지 마라."

엉클 조 컴퍼니가 이 계곡에 들어와서 이동하는 건 모두 기록이 되고 있었다. 돌아가는 데 성공한다면 이동 경로는 자동으로 지도가 되어서 귀중한 정보가 될 것이다.

"저 벽면이요? 별로 중요해 보이지 않는데요."

"우리야 그렇지만 언어학자들은 저런 걸 좋아하거든. 그냥 하라는 대로 해. 확실하게 찍어두면 나중에 다 도움이 된다."

이런 디테일에서 차이를 보여주는 것도 나쁘지 않았다. 정부 소속 연구자들이 가장 좋아하는 팀은 그들이 하는 일을 잘 이해해 주는 팀이었으니까.

"저기, 저 제단 위에는 안 올라가?"

"함정 찾고 있잖아."

"무자크, 나온 정보에는 저기까지는 함정이 없었잖아?"

"예? 네. 일단은 그렇게 나와 있었습니다만……."

"흠."

바닥을 두드려 보던 수현은 제니퍼의 말을 듣고 턱을 쓰다듬으며 말했다.

"그러면 먼저 올라가 봐."

"응?"

"먼저 올라가 보라니까?"

만약 블루베어 팀이 성공적으로 여기에 도착했다면, 그들은 아마 무자크의 정보에 의존해서 행동했을 것이다. 제니퍼가 보기에 저 제단으로 가는 길에는 함정이 설치될 만한 곳이 없어 보였다.

그렇지만 그녀의 직감은 뛰어났다. 수현과 만난 지 얼마되지 않았지만, 수현이 이러는 건 좋은 징조가 아니었다.

"아니야. 사양할게! 우리 물건도 아니니까. 괜한 오해를 받아서 좋을 일은 없지."

"감이 좋군."

말과 함께 수현은 총을 들어 제단 앞의 바닥을 쏴버렸다. 그러자 바닥이 무너지기 시작했다.

"……?!"

제단을 중심으로, 원형으로 둘러싼 바닥이 사라져 버렸다. 내려다보니 어두워서 제대로 보이지도 않았다. 이런 식의 함정을 팠을 거라고는 상상치도 못한 용병들의 얼굴이 새파랗게 질렸다.

"줄 갖고 와라. 치고 건너가게."

입구의 발판 함정을 제외하고, 다른 식의 발판 함정은 수두룩하게 많았지만 그들 대부분은 작동이 되지 않았다. 그나마 이런 식으로 바닥이 꺼져버리게 되어 있는 함정이 가장 위협적이었다.

줄이 설치되자 수현은 가뿐하게 건너갔다. 익숙한 모습이 보였다. 제단 위에 곱게 놓인 손도끼 한 자루. 화려하게 장식이 되어 있지는 않았지만 그 겉모습에서는 고풍스러운 느낌이 났다.

"아티팩트 찾았어?"

"대충 그런 것 같군."

"저거 얼마 정도 하는 거야?"

"글쎄……?"

아티팩트에 대한 자세한 지식이 없는 엉클 조 컴퍼니 대원들은 서로 고개를 갸웃거렸다. 비싸다는 것만 알고 있었지, 자세한 거래 현황은 외부인이 알기 힘들었다.

"리틀 워싱턴에 있었던 라운더즈 경매에서 가장 싸게 팔린 아티팩트가 82만 달러였습니다."

"아. 그래요? 괜찮은데?"

그들의 궁금증을 풀어준 건 스콧이었다. 그는 엉클 조 컴퍼니의 대원들이 이야기하는 것을 듣고 끼어들었다.

"무슨 아티팩트였습니까?"

"라이트 기능이 있는 아티팩트였습니다."

"???"

대원들은 서로 얼굴을 쳐다보았다. 라이트 기능이라니. 설마 그냥 불빛만 들어온다는 뜻인가?

"그걸 82만 달러를 주고 사는 놈이 있다고요?"

"아티팩트잖습니까. 일반적인 광원과는 원리부터가 다르니⋯⋯."

"아무리 그래도 그렇지, 그걸?"

"돈 많은 놈들 생각은 정말 모르겠어."

'???'

스콧은 그들의 대화를 듣자 의문이 차오르는 걸 느꼈다. 여기까지 온 걸 보면 그들은 분명 이 행성의 전문가들일 것이다.

그런데 저 대화는 뭐란 말인가? 마치 아티팩트에 대해 처음 보는 것처럼 구는 모습이라니.

"비싸게 팔린 건 뭐가 있었습니까?"

"그게⋯⋯. 분명 최근에, 풍압으로 칼날을 만드는 아티팩트가 천만을 넘겼다고 들었습니다만. 비공개 경매여서 자세한 건 저도 모르겠군요."

"천, 천만?"

"조금만 기능이 쓸 만한 아티팩트면 바로 그 정도 가격대로 올라가잖습니까? 게다가 비싼 아티팩트는 애초에 공개적으로 거래가 되지 않습니다. 현금이 아닌 온갖 조건이 붙어서 거래되죠."

"여기 소풍 왔나? 집중 안 하지?"

"죄송합니다!"

제단 위에서 수현이 외치자 대원들은 곧바로 입을 다물었다. 그가 한 말이 떠올랐던 것이다.

수현은 케이스를 꺼낸 후 조심스럽게 도끼에 손을 가져다 댔다. 뒤에 있는 이들에게는 보이지 않겠지만, 지금 수현은 손을 가져다 댔을 뿐, 실제로 움직이는 건 염동력으로 하고 있었다.

여기에 들어온 이방인들은 주변에 설치된 각종 함정을 손쉽게 피해내고 나서, 마지막으로 제단 주변에 설치된 함정에서 한 번 정도 놀라게 되어 있었다.

그러고 나면 이제 함정은 없을 거라는 생각을 무의식중에 하기 마련이었다.

하지만 이 방의 진짜 함정은 이 아티팩트 자체였다.

'여기서 굳이 잡을 필요는 없지.'

아무 생각 없이, 어떤 아티팩트인지 확인하기 위해 잡는 순간 함정이 터졌다. 수현은 잠깐 생각에 잠겼다.

'음…… 뭐 괜찮으려나?'

보고를 할 때 어디까지 보고할지가 살짝 고민되었다. 이 아티팩트를 잡는 순간 아티팩트는 강렬한 전격을 사용자에게 흘려보냈고, 동시에 이 방 안은 통째로 무너지게 되어 있었다.

그렇지만 이미 아티팩트는 따로 빼내서 케이스 안에 넣어 두었으니 후발주자가 와도 함정은 작동되지 않을 것이다.

줄을 타고 넘어와 가볍게 착지한 수현은 무자크가 눈에 뭔가 장착한 후 엎드려 있는 걸 볼 수 있었다. 수현은 어이없다는 투로 물었다.

"뭐하고 있나?"

"아. 혹시 몰라서 저 밑을 보고 있었습니다."

"밑?"

"선조님들이 파서 만든 곳이라면 저런 곳에도 뭔가 있을지 모르잖습니까."

"……."

전에는 이 주변에서 아티팩트를 찾고, 함정을 확인한 다음 집자마자 바로 빠져나와야 했기에 그 이상으로 찾을 여유가 없었다. 그리고 여유가 있더라도 저렇게 바닥이 꺼진 곳에 무언가 있을 거라고는 생각도 하지 못했었다.

'저기 뭐가 있을 수도 있다고?'

아무리 봐도 그냥 밑으로 파 내려간 공간 같았지만, 수현은 줄을 몸에 감았다.

"엇, 뭐하시는 겁니까?!"

"보려면 제대로 내려가서 봐야지."

"확실한 게 아니라 제 추측일 뿐입니다! 없을 가능성이 더…….'"

"그쪽 탓할 생각 없으니 걱정하지 말라고."

이종족들의 땅에서는 이종족들의 법칙을 따라야 했다. 부족에서 자란 드워프가 저기 밑에 뭔가 있을지도 모른다고 생각한다면, 그걸 따라보는 것도 나쁘지 않았다.

'있어 봤자 녹슬거나 망가진 기계 장치 정도겠지만…….'

야간 투시경을 장착한 후, 수현은 줄에 의지해서 아래로 내려갔다. 사실 줄이 없어도 염동력을 쓰면 됐지만, 사람들의 눈이 있는 한 그건 무리였다.

'막혔군.'

제단의 반대쪽은 단단한 암반이었다. 그러면 제단 쪽은?

'……?'

수현은 암반을 박차고서 추진력을 얻은 후, 염동력으로 미세하게 방향을 바꿔서 접근했다. 제단의 밑 지형은 암반이 아니었던 것이다.

'아. 번개도끼를 집었을 때 방을 무너뜨리는 물건인가?'

확실히 그 전류를 감지해 이 방을 무너뜨리는 장치가 어딘가에는 있을 것이다. 수현은 입맛을 다셨다. 이건 가져갈 수도 없고, 쉽게 건드릴 수도 없는 물건이었다. 마지막으로 한

번 훑어보는데 무언가가 눈에 들어왔다.

"......?"

투명한, 손바닥만 한 구슬. 겉모습은 딱히 이상할 게 없었지만 이런 유적지 밑에 저런 게 있을 이유가 없었다. 수현은 염동력을 사용해 구슬만 조심스럽게 구조물 사이에서 빼냈다. 다행히 아무런 반응도 일어나지 않았다.

"뭐가 있었습니까?"

"아무것도 없더군. 밑에 구조물이 있긴 한데, 잘못 건드렸다가는 무슨 일이 일어날지 몰라서 그냥 내버려 뒀어."

"죄송합니다."

"사과할 거 없어. 일단 추측은 맞았잖아."

구슬은 품속에 숨겼다. 나중에 돌아가서 다시 한번 조사를 해볼 생각이었다. 이곳은 조사를 하기에 좋은 장소가 아니었다.

"아티팩트 확보했고, 더 이상 볼 것도 없으니 빠져나간다. 안달내고 있을 사람들한테 일 처리가 끝났다고 알려줘야지."

물론 바로 돌아가는 건 아니었다. 정해진 속도대로, 서두르지 않고, 정확한 원칙을 지켜가며 움직였다. 블루베어 팀은 불평 한 마디 하지 않았다.

유적지 밖으로 나온 후 수현은 입구의 반대 방향으로 다시 한번 움직였다. 그나 블루베어는 유적지 때문에 온 것이지만, 한국 정부는 이 주변을 통과할 방법을 찾고 있었던 것이다. 한 번에 완성된 지도를 전해주는 게 좋았다.

"저 바깥으로 나가면 이런 부류의 몬스터는 더 이상 안 나타나는 거야?"

"아마 그렇겠지."

이 계곡을 넘어가고 나면 이런 부류의 유령 몬스터는 보이지 않았다. 수현은 아마 지형적 특성 때문에 유령 몬스터들이 유지되고 있는 게 아닐까 추측했다.

계곡 앞 기지에서 대기하고 있던 이들은 계곡에서 누군가 걸어 나오자 기겁해서 외쳤다.

"저기서 사람 나오는데요?!"

"뭐? 그게 무슨 헛소리야?"

엉클 조 컴퍼니의 성공을 그렇게까지 믿고 있지는 않았지만, 그래도 최소한 기간이 있었다. 성공하더라도 3개월에서 6개월 정도는 걸릴 거라고 생각한 것이다.

그런데 지금 나오는 사람이 있다니.

"다른 팀이 살아 돌아왔……. 아니, 그럴 리가 없지. 엉클 조 컴퍼니가 빠져나온 건가?"

제대로 된 탐험은 못 했더라도, 일단 생환 자체도 커다란 성과였다. 욕심을 내고 들어갔다가 아예 빠져나오지 못하는 팀보다 이렇게라도 돌아오는 팀이 정부 입장에는 더 도움이 되었다. 정보가 하나씩 쌓이다 보면 결국에는 해결이 되기 마련이었으니까.

"빨리 문 열고, 쉴 수 있도록 준비해줘. 위에 연락도 하고. 그래도 살아온 게 어디야?"

"그런데 엉클 조 컴퍼니가 원래 저 멤버였나요?"

"응?"

"몇 명 더 추가된 것 같은데……."

기지 담당관은 헛소리를 하는 부하의 뒤통수를 한 대 때려 주려고 일어섰다가, 정말로 인원이 늘어났다는 걸 깨닫고 눈을 깜박였다.

'대체 무슨 일이 있었던 거야?'

"감사합니다. 역시 밖이 좋군요. 안이 힘든 건 아니었지만, 그래도 이런 사치는 누리기 힘드니 말입니다."

"이게 무슨 사치라고……. 고생 많으셨습니다."

담당관은 손바닥을 비비면서 말을 꺼낼 눈치를 보기 시작했다. 안에서 목숨을 걸고 싸우다 나온 용병들에게 말을 걸 때는 분위기도 중요했다. 괜히 눈치 없이 다짜고짜 어떻게 된 거냐고 물었다가 욕을 먹을 수 있었다.

수현은 커피잔 안에 각설탕을 가득 쌓아 올린 후 그 위에 커피를 부었다. 그걸 본 담당관의 표정이 기묘하게 변했다.

"그……. 역시 일은 힘드셨던 거겠죠?"

"예?"

"이번에 맡으신 일 있잖습니까. 계곡의 탐사와 확인……. 실패하셨어도 괜찮습니다! 다른 팀들도 다 실패한 곳인데요. 살아 돌아왔다는 것만으로도 충분히 대단하다고 생각합니다."

수현은 피식 웃으면서 커피를 넣은 설탕을 마셨다. 설탕을 으적으적 씹으면서, 수현은 입을 열었다.

"일은 성공했습니다."

"네?!?!"

"너무 빨리 해결했으니 오해하는 것도 이해는 합니다. 그렇지만 이런 걸로 거짓말하겠습니까? 사실을 대조하면 바로 밝혀질 텐데요."

담당관의 입이 벌어진 채로 고정되었다. 그가 충격에서 깨어나 회복할 때까지, 수현은 느긋하게 기다렸다.

16장
아티팩트

"일이, 성공했다는 게, 그게……."

"계곡의 반대편까지 확인을 끝내고 왔습니다. 지도는 작성해서 데이터로 만들어놨으니 지금이라도 확인 가능할 겁니다. 안에서 등장하는 몬스터는 전부는 아니더라도 대략적인 분류는 끝내놨고, 그에 대한 상대법도 정리해놨습니다. 안에 있는 특별한 장소도 기록을 해놨으니 보시면 바로 알수 있을 겁니다."

담당관은 지금 그가 누구를 대하고 있는 건지 헷갈릴 지경이었다. 물론 정부의 지원을 받아서 여기에 도전할 정도의 팀이라면 만만한 팀은 아니었다. 그렇지만 이건 너무 뛰어나지 않은가.

민간 회사의 용병으로 일하다가 정부의 일을 맡게 되는 이들이라면 거의 절차 수준으로 겪게 되는 시행착오들이 있었다. 바로 적응 과정에서 일어나는 일들이었다.

민간 회사가 추구하는 가치와 정부가 추구하는 가치는 달랐다. 유적 벽에 적혀 있는 문자는 정부 측 언어학자야 군침을 흘리지만 민간 회사는 전혀 탐내지 않았다. 그걸 기록해서 가치를 만드는 건 지나치게 오래 걸리고 기대하기 힘든 일이었다.

'이번에 처음 시도하는 팀이라고 들었는데?'

"일단 확인하고 말씀하시죠."

"아, 네."

어느새 담당관은 수현의 페이스에 완전히 말려 있었다. 그는 수현이 가지고 온 정보를 켜서 확인하기 시작했다. 정말로 완성되어 있는 지도와 정리되어 있는 정보들을 보자 그는 다시 한번 놀랐다.

"보시면 알겠지만, 안쪽에 유적지가 있더군요."

"유적지요?! 혹시 그 안도 탐사했습니까? 아, 그건 역시 시간이……."

말과 함께 담당관은 떠오른 화상을 손으로 넘겼다. 그러자 유적지 안의 구조가 나오기 시작했다.

"……!"

"유적지 안도 탐사 끝내고 나온 상태입니다. 자원은 조금 더 자세히 조사해 봐야 나올 것 같고, 저희가 가지고 나온 건 아티팩트입니다."

담당관은 더 이상 놀랄 수 없을 것 같았다. 일주일 안팎으로 저 계곡을 주파하고 나온 것도 놀라웠는데, 안에 유적지를 발견하고 그 안 탐사도 끝냈다고?

'대체 뭐하는 놈이야?'

그는 무의식적으로 침을 꿀꺽 삼켰다. 카메론 행성의 공무원으로 일하면서, 사람 같지 않은 괴물들을 많이 만나본 그였다. 그러나 수현 같은 경우는 처음이었다. 겉으로 보기에는 전혀 위험해 보이지 않았지만, 태연하게 말하는 걸 들어보면 이런 괴물이 따로 없었다.

"아티팩트 신고는 저희가 따로 확인을 한 다음 신고할 생각입니다. 그건 이미 사전에 약속되어 있는 걸로 아는데, 맞습니까?"

"물, 물론입니다."

탐사 도중 발견되는 물건의 우선권은 언제나 탐사대에게 있었다. 그 정도 권리가 없다면 목숨을 걸고 앞장설 이유가 없었다.

"거기에 기록이 되어 있지는 않았지만 한 가지 더 추가할 게 있습니다. 유적지 안에서 다른 용병 회사를 만났습니다."

"······?"

담당관은 이해가 가지 않는다는 표정으로 수현을 쳐다보았다. 현재 한국 쪽 용병 회사 중에서 이 계곡을 도전하고 있는 이들은 없었다. 있더라도 이미 전멸했다고 봐도 좋을 정도로 시간이 지난 상태.

"미국계 회사, 블루베어라고 들었는데. 아시는 회사입니까?"

당연히 아는 회사였다. 카메론 행성에서 한국의 공무원으로 일하는 이상 한국과 미국 측 거대 용병 회사의 이름은 꿰고 있어야 했다.

"블루베어요? 블루베어 팀을 거기서 만났단 말입니까?!"

먼저 독점권을 주장하려고 했는데, 미국 측과 겹쳤다면 문제가 골치 아파질 수 있었다. 담당관은 눈살을 찌푸렸다.

"오해하고 있으신 거 같은데, 그쪽을 만난 건 거기를 탐사하던 상황이 아니라, 구조에 가까운 상황이었습니다. 확실하게 확인을 해두고 진행했으니 이후에 일 처리가 복잡해지지는 않을 겁니다. 혹시라도 그쪽에서 같잖게 협상을 시도하려고 하면······."

"맞는 말이긴 한데, 너무 심하지 않아?"

말과 함께 문을 열고 제니퍼가 안으로 들어왔다. 기지에서 연락을 끝낸 후 제대로 정돈을 한 후 나타나자 처음에 봤을 때 보였던 초췌한 모습은 온데간데없었다.

"사실은 똑바로 해놓고 가야 하니까. 안 그러면 나중에 귀찮아진다고."

"이미 말했잖아. 목숨만 건져주면 다른 건 욕심 안 낸다고."

"녹음까지 했지."

제니퍼는 황당하다는 표정으로 혀를 내둘렀다. 그 짧은 사이 그걸 녹음했단 말인가?

"이해해 달라고. 원래 이권이 걸리면 비겁한 짓을 숨 쉬듯이 하는 게 사람이니까……. 블루베어가 그런 곳이라는 건 아니지만, 곤란한 일이 생기면 서로 귀찮잖아?"

"나를 뭐로 보고 그런 소리를 하는 거야?"

수현은 제니퍼가 정말로 화난 것 같은 기색을 보이는 게 이해가 가지 않았다. 이제까지 봤을 때, 이 정도 이유를 이해 못 하는 사람은 아니었기 때문이었다.

"너를 의심한다는 소리가 아니잖아? 네가 약속을 지키려고 해도 블루베어 측 사장이 물고 늘어지면 일이 복잡해진다는 것 정도는 알고 있을 텐데."

"그러니까! 아빠가 그런 짓을 한다는 거잖아."

"……?!"

"아……. 제니퍼 맥클레인 양이셨습니까?"

담당관은 그 말을 듣자마자 바로 제니퍼의 정체를 알아차린 모양이었다. 그걸 본 수현은 새삼스럽게 놀랐다.

'사장의 딸이었나? 유명한 게 당연하군.'

하긴, 대형 용병 회사의 앞자리 팀으로 일하고, 게다가 거기 사장의 딸이라는 신분을 갖고 있으면 유명하지 않은 게 더 이상할 것이다.

"맞아요. 그러니까 그런 더러운 짓은 걱정 안 해도 될 거예요. 우리는 그런 식으로 약속을 어기고 배신하는 사람들이 아니니까."

"그렇게 말한다면야 믿을 수 있겠지. 의심한 건 사과하겠어."

수현이 말하자 제니퍼는 팔짱을 끼고 당연하다는 듯이 고개를 끄덕였다.

"우리는 이제 돌아갈 거야. 블루베어 측에 연락을 해뒀으니 곧 사람이 오겠지."

그들은 목숨을 건졌지만 2팀 자체는 반 토막이 난 것이나 다름없었다. 물론 블루베어 사장 입장에서는 행방불명됐던 딸이 목숨을 건져서 빠져나온 사실이 가장 다행으로 느껴지겠지만, 그렇다고 피해가 없어지지는 않았다.

"그러면 조심해서 돌아가라고. 배웅은 안 나가지."

"쌀쌀맞기는. 어차피 다시 만나게 될 거야. 그러면 그때 다시 보자고."

제니퍼는 그렇게 말하고서 몸을 돌렸다. 가볍게 손을 흔든 후 그녀는 바깥으로 나가버렸다.

"한 달도 안 되어서 계곡을 주파하고, 유적지 탐사를 끝낸 다음 블루베어 2팀까지 구출하다니……. 더 이상 바랄 수 없을 정도의 성과입니다. 정말로 대단하군요!"

"기본이죠."

"성공했다고?!"

개발계획국 국장, 이원재는 나른한 오후에 들려온 소식을 듣고 들고 있던 찻잔을 엎을 뻔했다. 그는 나직하게 욕지거리를 내뱉으며 찻잔을 허둥지둥 내려놓았다.

"정말로? 사기 치는 거 아니지?"

애초에 아무에게나 자격이 주어지는 건 아니었지만, 그래도 가끔 속임수를 쓰려는 간 큰 놈들도 나왔다. 제대로 된 일을 하지 않고서 조작된 걸로 크게 한탕 하려는 겁 없는 무리.

"기지에서 보고가 올라왔습니다. 거기 담당관이 헛소리하는 사람도 아니고, 이미 다 확인 끝내고 보고 올린 겁니다."

최현민은 벌써 복장을 갈아입은 상태였다. 현장으로 출발할 준비가 끝난 모습이었다.

"보고서 올려놨으니 한 번 보시고, 저는 일단 먼저 갔다 오겠습니다. 이게 사실이라면 보통 일이 아니잖습니까."

"보통 일이 아니긴 한데……."

이원재는 머리를 긁적거렸다. 솔직히 말해서, 조금 지나치게 당황스러웠다. 이번 일을 허락해 주면서 그가 기대한 건 그렇게 크지 않았다.

운이 좋으면 몇 명이 살아 돌아와서 그 안의 정보에 대해 말해주는 것. 딱 그 정도까지였다. 이렇게 기록을 세울 정도로 빠르게 주파한 후 챙길 수 있는 걸 모조리 챙기고 나올 거라고는 상상치도 못했다.

"이건 사전에 정보를 얻고 들어간 게 분명해."

"예?"

"정리된 걸 봐. 물자부터 시작해서 걸린 시간까지. 아무것도 모르는 지역에 들어가서 이런 게 가능하다고 생각하나? 전원이 초능력자인 팀도 다 죽어 나간 곳인데."

"아……."

최현민은 국장의 말을 듣고 고개를 끄덕였다. 확실히 그의 말에 일리가 있었다. 너무 파격적인 결과에 대단하다는 생각만 하고 어떻게 이게 가능했는지는 생각하지 못하고 있었다. 생각해 보니 엉클 조 컴퍼니는 팀장을 제외한 나머지 대원들은 전부 비 초능력자라는 극단적인 구성이었던 것이다.

"그렇다면요? 별거 아닌 겁니까?"

"별거 아니라니. 이 멍청한 자식아. 누가 그런 소리를 해?"

"아니, 방금 사전에 정보를 얻고 들어갔다고……."

"사전에 정보 얻는 것도 능력이지. 그게 왜 별거냐? 너 지금 저기서 죽어 나간 팀이 만만해서 죽어 나간 줄 아냐?"

이원재의 타박에 최현민은 조용히 고개를 숙였다.

"우리 쪽에서는 힘만 믿고 들어가는 팀보다는 저렇게 알아서 사전 조사 다 끝내고 완벽하고 깔끔하게 일 처리 하는 팀이 훨씬 더 좋아. 이제 슬슬 그 정도는 알아야지."

"그렇군요."

"다만……."

"……?"

"이런 능력이 다음에도 가능할지 의문이긴 해. 카메론 행성에서 정보 얻는 게 워낙 힘들잖아. 이 계곡이야 사전에 어떻게 얻었다고 쳐도 다른 데서도 그게 가능할지는 좀……."

"그거야 다음에 일을 맡게 되면 자연스럽게 드러나는 거 아닙니까?"

"그렇지."

최현민의 말이 정답이었다. 카메론 행성에서는 허세를 부려봤자 한계가 있었다. 능력에 맞지 않는 허세를 부리다 보면 결국 그릇이 드러났다.

"오랜만에 이런 팀이 나왔는데, 기왕이면 오래 갔으면 좋겠군."

강력한 초능력자로 무장한 팀보다는 화력에서 밀리지만, 그래도 이런 식의 해결 방법을 가진 팀은 성공해낼 경우 정말로 깔끔하게 성공해냈다. 지금 올라온 보고서를 간단하게 봤는데도 엉클 조 컴퍼니가 얼마나 일 처리를 똑소리 나게 했는지 알 수 있었다.

"그 주변 지역 확인한 다음 약속한 보상 넣어주고, 알아서 잘 다독여줘. 무슨 소리인지 알지?"

"예. 물론입니다."

일을 해내는 대원들은 귀중한 전력이었다. 일을 하나 성공할 때마다 정부 측에서도 그만한 성의와 감사를 보여줘야 했다.

다음 일을 언제 할지, 또 어떻게 할지는 아직 알 수 없었지만, 이원재는 엉클 조 컴퍼니가 새로운 전력이 되기를 기도했다. 카메론 행성을 탐험하는 데 있어서 쓸 만한 전력은 언제나 부족했다.

현재 정부 주도하에 대형 회사의 팀 몇 개가 공조해서 움직이고 있었지만, 이들 중에서 확실하게 믿을 수 있는 팀은 거의 없었다.

'결국 다음 임무에서 드러나겠군.'

이번의 성공이 우연인지, 아닌지는 다음 일을 맡게 되면 자연스럽게 드러날 것이다.

"……우리 건물부지가 원래 이렇게 넓었었냐?"

"아니…… 뭔…….."

엉클 조 컴퍼니 대원들은 들뜬 마음으로 돌아왔다가 놀라서 입을 벌렸다.

보고를 끝내고, 정부 관계자의 감사를 들은 후 일단 도시로 귀환했다. 한동안 휴식 후 정리를 하고 다음 일을 해야 하니까.

그러나 그들을 맞이한 건 몇 배는 넓어진 회사의 부지였다.

"다들 왔군."

"이게 뭡니까?!"

"훨씬 넓어졌지? 저기에 이제 훈련장이 들어갈 거다. 머무를 숙소는 크게 확장해서 뒤에 설치하고."

"10명도 안 되는데 넓게 해서 뭐하려고요?"

"늘려야지. 인마. 언제까지 1팀만 갖고 움직일 건데? 김수현 팀장한테 미안하지도 않냐?"

"윽. 아픈 곳을……."

엉클 조 컴퍼니 대원들도 현재 그들의 규모가 작다는 건 알고 있었다. 하는 일에 비해서 이렇게 소규모인 회사도 비교적 드문 편이었다.

"그런데 여기 주변 땅값이 싸다고 해도 비용 꽤나 들 텐데요."

"걱정 마라. 다 정부한테서 돈 받고 하는 거니까."

"와. 정말입니까? 이거 완전⋯⋯."

"달라고 해서 다 주는 거 아니니까 헛꿈 꾸지 말고. 그런데⋯⋯."

"⋯⋯?"

"아직 공사가 다 안 끝났어. 특히 저 숙소 확장 공사도."

"???"

"그래서 일주일 정도는 다른 데서 자야 할 거 같다. 돈 줄 테니까 시내 호텔에서 묵어."

"그거야 상관없지만⋯⋯."

"좋네! 이런 기회가 아니면 또 언제 사치를 부려보겠어."

회사 숙소보다는 시내 호텔이 더 좋다는 건 당연한 사실이었다. 대원들은 충격에서 벗어나 간단하게 짐을 챙겨서 이동할 계획을 세우려고 했다.

"잠깐."

"예?"

"아티팩트 확인은 하고 흩어지자. 이건 나 혼자 찾은 물건이 아니니까."

대원들의 기분을 좋게 하려고 말은 그렇게 했지만, 그런 이유 때문은 아니었다. 어차피 번개 도끼는 수현이 계속 사용해서 좋을 물건이 아니었다. 이미 염동력이라는 능력이 있었다. 다른 이가 사용하는 게 효율 면에서 좋았다.

"아티팩트 확인이요? 이거 우리가 해도 됩니까?"

고기도 먹어 본 사람이 먹는다고, 엉클 조 컴퍼니의 대원들은 아티팩트에 대해 미신적인 두려움을 갖고 있었다. 거기에 주워들은 가격까지 생각하면 함부로 만지지 못하는 게 어찌 보면 당연했다.

"권리가 우리한테 있는데, 당연히 확인해도 되지. 망가뜨려도 뭐라고 할 사람 없어."

"무슨 소리를!"

"정부는 기간 맞춰서 제대로 보고만 하면 뭐라고 안 할 거다. 자. 집어 볼 사람?"

"……."

사실, 원래 아티팩트는 정밀하게 테스트하는 경우가 많았다. 정부 측 연구실이나 민간 회사 같은 경우에는 자체 연구실에서 만일의 경우를 대비한 확인을 하고 넘어가는 것이다.

그러나 수현은 그 과정을 넘어갔다. 애초에 아티팩트 중에서 확인을 하지 않으면 위험한 물건은 극소수에 불과했고 이건 이미 그가 잘 알고 있는 물건이었기 때문이었다.

"그런데 확인되고 나면 어떻게 할 겁니까?"

"확인되면? 확인되면 잘 맞는 놈이 쓰게 해야지. 우리가 지금 이걸 팔아서 돈으로 바꿀 처지가 아니야. 초능력자가 나밖에 없다고. 카크리타 계곡이야 방법만 알면 만만한 곳이지만, 다른 곳에서도 그렇게 날로 먹을 수는 없어."

"에이! 눈치 보기는. 내가 해본다!"

"용기 있군. 잡아봐."

손들은 건 김창식이었다. 그는 침을 한 번 삼키더니 자신감 있는 태도로 걸어와서 케이스에 손을 뻗었다.

"이거 잡으면……. 어떻게 되는 겁니까?"

"보통 아티팩트는 잡으면 어떻게 사용해야 할지 직감적으로 느낌이 온다. 해봐."

번개 도끼는 잡는 순간 찌릿할 정도의 전류를 사용자의 몸에 흘려보냈다. 그걸 제외한다면 신경 쓸 만한 문제는 없었다. 어차피 그 전류도 방 안에서 함정을 작동시키는 요소였지, 방 밖에서는 별다른 위협이 되지 않았다.

"하아앗!"

"……그렇게 소리 질러서 잡을 필요는 없는데."

김창식은 케이스 안에서 번개 도끼의 손잡이를 잡고 들어

올렸다. 그리고 그대로 앞으로 고꾸라졌다.

"······?!"

수현은 놀라서 바로 김창식에게 달려들었다. 옆에서 별다른 생각 없이 지켜보고 있던 대원들도 놀라서 펄쩍 뛰었다.

"어떻게 된 겁니까?"

"아니, 이건······."

수현은 바로 김창식의 상태를 확인했다. 다행히 아주 멀쩡했다.

'전류 때문에 기절했나? 아니, 그거 때문에 기절할 수 있을 리가······.'

수현은 재빨리 김창식의 손에서 번개 도끼를 뺏었다. 그리고 정신을 기울였다. 마치 손이 하나 더 달린 것처럼, 번개 도끼를 어떻게 다뤄야 할지 직감적으로 알 수 있었다.

"흡!"

능력을 사용할 때와 비슷한 감각으로, 도끼의 날에서 전격이 튀어나갔다. 빠르게 날아간 전격은 표적에 맞더니 소리를 내고서 사라져 버렸다.

"으아앗!"

"그게 이 아티팩트 능력인 겁니까?"

"그런 것 같다. 번개 계열 초능력. 꽤나 쓸 만하군."

수현은 가볍게 도끼를 휘둘렀다. 번개 계열의 능력은 언제나 무난하게 활약하기 좋은 능력이었다.

"그런데 창식이는 왜 쓰러진 겁니까?"

"그건 나도 모르겠군…… 분명 상태는 멀쩡한데."

혹시 몰라서 아티팩트를 잡고 확인해봤지만, 번개 도끼에는 별다른 이상이 없었다. 수현이 알고 있는 바로 그 아티팩트였다.

건강한 사람이 이렇게 쓰러지는 건 흔한 경우가 아니었다. 수현은 김창식을 병원에 데리고 가야 하나 고민했다. 분명 상태는 멀쩡했지만, 이렇게 계속 기절해 있다면…….

"헉!"

외마디 비명과 함께, 김창식이 깨어났다. 그는 자기가 소파에 누워 있다는 사실을 깨닫고 기겁해서 주변을 둘러보았다.

"어떻게 된 거야?!"

"그건 우리가 하고 싶은 소리다. 뭐야? 왜 갑자기 쓰러진 거야?"

"몸은 괜찮냐?"

"몸은 괜찮은데……."

"……?"

"나, 초능력자가 된 것 같다."

"……?!"

초능력은 아직도 연구가 활발한 분야지만, 대체적으로 알려진 몇 가지 사실이 있었다. 그중 하나가 각성이었다.

조건은 불특정하지만 일단 각성을 하고 나면, 당사자는 스스로의 초능력을 깨닫게 되어 있었다. 각성을 하고서도 스스로의 초능력을 못 깨닫는 경우는 매우 드문 경우였다.

초능력자 중 한 명은 그 기분을 '보이지 않는 팔이 새로 달린 기분이다'라고 표현했었는데, 수현은 그 표현을 아주 정확한 표현이라고 생각했다. 다루는 데 시간과 노력을 좀 소모할 뿐이지, 어지간해서는 직관적으로 알게 되어 있었다.

"다 한 번씩 집어봐."

그리고 가장 놀란 건 수현이었다. 갑자기 쓰러지는 건 각성 증상 중 하나였다. 게다가 김창식이 미치지 않고서야 이런 상황에서 농담을 할 리는 없었을 테니, 그가 초능력자가 된 건 확실하다고 봐야 했다.

'그 전격 때문에?'

초능력자가 되는 조건이야 종잡을 수 없다지만 저 도끼를 잡은 것으로 각성할 줄은 상상도 못 했다. 혹시 몰라서 다른 이들에게도 도끼를 잡아보게 했지만, 다른 이들은 별다른 반응을 보여주지 않았다.

"초능력을 쓸 수 있겠나?"

"지금요? ……예. 할 수 있을 것 같습니다!"

당황하기는 했지만 팀원 중에서 초능력자로 각성할 사람이 있다는 추측은 이미 예전에 했었다. 그게 너무 갑작스럽고 빨라서 당황했을 뿐. 수현은 고개를 끄덕였다.

"좋아. 밖으로 나가서 한 번 해보도록."

"초능력자로 저렇게 될 수도 있는 거냐?"

"나한테 묻지 마. 김창식 저거……. 도끼 하나 먼저 집었다고…….

정성재와 김동욱이 투덜거리자 김창식은 코웃음을 치며 말했다.

"질투하는 거냐? 응? 자식들."

"질투라니! 무슨 헛소리를!"

"아직 무슨 초능력인지도 모르잖아!"

"하하. 초능력자인 것만으로도 일단 먹고 들어가거든? 평소에 착하게 살아뒀어야 이렇게 복이 오는 거야."

깨어난 후, 김창식은 몸 안에서 무언가 근질거리는 감각을 받고 있었다. 이걸 그대로 끄집어내면 무언가 일어날 것 같은 감각. 이건 초능력밖에 없었다.

"젠장……. 왜 하필 저놈이야? 수용 선배나 이소희 씨면 모를까……."

"시끄럽다. 확인부터 하고 떠들어. 떠들 시간은 나중에도 많으니까."

수현은 턱을 괴고 생각에 잠겼다. 어떤 초능력이든 간에 번개 도끼를 쓸 사람이 정해진 것 같았다. 상성을 떠나서 아티팩트는 비 초능력자가 사용하기엔 체력 소모가 너무 심했다.

"씁니까? 씁니다!"

"사람 방향으로 쏘지 말고. 반대쪽으로 발동시켜봐. 아직 무슨 능력인지는 감이 안 오나?"

"뭔가……. 확, 하고 뿜어버리는…… 그런 느낌입니다!"

미숙한 초능력자를 상대하는 건 수십 번 넘게 해본 일이었다. 수현은 한숨과 함께 참을성 있게 말을 이었다.

"조바심내지 말고, 처음에는 그냥 팔을 움직인다는 느낌으로만 해보라고."

"크아앗!"

"……!"

김창식의 손끝에서, 화려한 불꽃이 폭발하듯이 솟아올랐다. 마치 손이 화염방사기라도 된 것처럼 끊임없이 화염이 흘러나오는 것이다. 허공 높이 물결치는 화염을 본 대원들의 입이 벌어졌다.

그들이 초능력에 대해 전문가는 아니었지만, 저 정도 초능력은 아무리 못 쳐줘도 특급이었다.

"뭐…….."

"말도 안 돼……!"

"으, 으하하! 으하하하하!"

김창식은 각성한 기쁨 때문인지 웃음을 터뜨리며 화염 줄기를 히공에 휘두르고 있었다. 그걸 본 수현은 무언가 위화감을 느꼈다.

'화염 분사. 원거리 발동식이 아니라, 손에서 분사 형식으로 나가는 건데……. 잠깐, 뭔가 이상한데?'

한눈에 봐도 화염의 위력은 상당해 보였다. 원거리에서 발화시키는 게 아니라 이렇게 근거리에서 쏘아대는 초능력은 위력이 좋을 때가 많았다. 그러나 그걸 감안해도 저 초능력은 지나치게 위력이 좋아 보였다.

"너무 위력이 좋군."

"예? 위력이 좋으면 좋은 거 아닙니까?"

"위력이 좋으면 소모가 빨라야지. 그런데 저놈 표정을 봐라."

김창식의 표정에서는 전혀 소모가 느껴지지 않았다. 수현은 손가락을 튕겨서 그를 불렀다.

"잠깐. 멈춰봐라. 지금 체력이 어떻지? 안 힘든가?"

"아무렇지도 않은데요?"

양손을 보며 김창식은 수현의 질문을 이해하지 못해 고개를 갸웃거렸다.

"다시 한 번 쏴봐라. 이번에는 아래로."

화르륵!

피어오르는 강렬한 화염. 그러나 수현은 고개를 절레절레 저었다. 무슨 상황인지 깨달은 것이다.

"뭐, 뭐하시는 겁니까!"

대원들은 수현이 일어나서 화염에 손을 집어넣자 기겁해서 외쳤다. 그러나 수현의 손은 멀쩡했다. 전혀 열기가 느껴지지 않자, 수현은 한숨을 쉬며 입을 열었다.

"가짜다. 열이 없군."

"네?!"

"그래. 안 그러면 저렇게 쏴대는데 멀쩡할 리가 없지."

완전히 똑같은 초능력은 없다는 말이 나올 정도로, 초능력의 종류는 다양했다. 그리고 가끔, 위력은 정말 강력해 보이지만 실제로는 별다른 힘이 없는 초능력이 있었다.

수현의 설명을 듣자 김창식의 표정이 기묘하게 변했다.

"가짜 화염…… 이라고요……?"

"위력이 없는 대신 겉모습에 힘이 쏠린 건가. 정말 화려하군."

"푸하하하하하! 가짜, 가짜 화염이래!"

"이 자식, 지금 웃는 거냐?!"

"초능력자인 것만으로도 먹고 들어간다며! 그런데, 가짜, 가짜 화염이라니……!"

울상이 된 김창식을 보고 다른 대원의 웃음이 터졌다.

"아쉽긴 하지만 실망할 건 없다. 일단 뭐든 간에 초능력자는 쓸 만하니까."

"그, 그렇죠?"

"번개 도끼는 아마 김창식이 쓰게 되겠군. 아티팩트는 비초능력자가 쓰면 체력 소모가 심하니……."

쓸 만한 초능력이 아닌, 겉껍데기만 화염인 가짜 화염을 쓰는 초능력이라는 건 아쉬운 능력이기는 했다. 그렇지만 그래도 초능력자인 것이다. 지금 상황에서는 거절할 이유가 없었다.

"가짜 화염이라. 이거 또 골치 아픈 능력이군. 일단 김창식은 초능력자 신고를 해라. 그렇지만 구체적인 능력은 말할 필요 없어. 너희들도 입단속을 해두고. 어디서 엉클 조 컴퍼니의 김창식은 가짜 화염을 쓴다는 말이 들려온다면 전원 연대 책임이다."

"……."

"너무 울상 짓지 마라. 쓰기 복잡한 능력이긴 하지만, 초능력은 언젠가 쓸 상황이 반드시 온다."

"이런 능력이라도요?"

"그건 아닐 듯."

"너 이 개새……."

"농담 그만해. 그런 능력이라도, 쓸 상황은 반드시 온다. 그러니 징징대지 말고 만약의 상황을 대비해서 잘 다룰 수 있도록 연습이나 하라고. 써도 써도 지치지 않는 초능력이라는 건 어찌 보면 장점이다."

김창식은 땅이 꺼져라 한숨을 쉬었다. 방금까지 하늘로 높게 솟구쳤던 기분이 이제는 깊숙이 가라앉은 것 같았다. 수현이 말해줬지만 그건 그냥 그를 위로해 주는 것으로밖에 들리지 않았다.

그야 수현은 어디에서나 원하는 치유 능력자지만, 그는 개미 하나 태워죽이지 못하는 가짜 화염 능력자 아닌가.

'예전에 저거 비슷한 능력을 가진 놈이 있었는데…….'

그때 괜히 겁을 먹었던 생각을 하니, 헛웃음이 나왔다. 김창식도 그 정도까지는 아니더라도 괜찮은 순간에 써먹을 수 있을지 몰랐다.

아티팩트 작업 확인을 끝내고, 혹시 몰라 김창식의 몸 상태까지 확인한 이후에, 대원들은 각자 흩어졌다. 묵는 호텔도 하나로 통일해서 묵을 생각은 없었다.

아티팩트는 수현이 챙겼다. 다른 대원들은 그걸 보관해야 한다면 차라리 목을 매겠다고 주장했다.

'회사 내부보다는 차라리 정부 측에 맡기는 게 나을지도 모르겠군.'

대형 용병 회사의 경우, 아티팩트의 정보를 숨기고 스스로 관리하는 경우도 많이 있었다. 그러나 수현의 경우는 달랐다. 정부와 보조를 맞춰서 가는 경우에는 정보를 숨길 수 없었기 때문이었다.

그렇다면 차라리 보관을 정부에 맡기는 것도 나쁘지 않은 선택이었다. 보안면에서는 훨씬 더 철저하고 만약 분실이나 문제가 생긴다면 정부에서 책임을 지게 되어 있었으니까.

그래도 일단은 수현이 챙겼다. 번개 도끼 자체는 그렇게 흥미 있는 아티팩트가 아니었지만, 실험을 해볼 게 있었기 때문이었다.

"자. 너는 대체 뭐냐?"

수현은 중얼거리며 투명한 구슬을 들어 올렸다. 왠지 모를 직감이 이것을 공개하지 않게 만들었다.

일단 평범한 물건은 아니었다. 아티팩트를 발동시키는 감각으로 힘을 넣으면 힘을 빨아들였다. 그렇지만 그 이후에 어떤 반응도 일어나지 않았다.

"으음……."

번개 도끼와 이렇게, 저렇게 붙여봤지만 별다른 반응은 없었다. 수현은 무의식적으로 번개 도끼를 작동시켰다. 아주 약하게. 구슬을 들고 번개 도끼를 작동시키자 푸르스름한 전격이 튀어나갔다.

콰직!

'힘을 잘못 조절했나?!'

원래라면 벽에 부딪혀서 사라졌을 전격이 램프 장식을 박살 내버렸다. 수현은 저질렀다는 표정으로 혀를 찼다. 역시 초능력을 안에서 실험하는 건 멍청한 짓이었다.

그리고 동시에, 문이 두드리는 소리가 들렸다.

'직원…… 은 아니겠군.'

저지른 짓이 있어서 순간 당황했지만, 안에 카메라라도 달아서 감시한 게 아니라면 직원이 찾아올 리 없었다. 안에서 기물을 파손한 걸 어떻게 알아차린단 말인가.

"김수현 씨 계십니까?"

따로 호출을 하지도 않고, 이렇게 직접 객실의 앞에 찾아와서 문을 두드린다는 건…….

수현은 자리에서 일어나서 자세를 잡았다. 아직 저녁이긴 했지만 사건이 일어나기에는 충분한 시간이었다.

'어떤 자식이야?'

일단 그가 여기 있다는 걸 알고, 문을 직접 두드린다는 점에서 좋은 결과가 예상되지는 않았다. 수현은 원견 마법으로 바깥에 있는 사람을 확인했다.

'......?'

바깥에 서 있는 건 정말 의외의 사람이었다.

"실례가 된 게 아닌지 모르겠습니다. 원래 조금 더 일찍 찾아뵈려고 했는데, 찾는 데 시간이 걸려서⋯⋯."

"아직 자려던 건 아니었으니 괜찮은데. 그보다 내가 여기 묵는다는 걸 알았으면 그냥 호출을 하지 그랬나?"

"사장님께서 예의 없어 보인다고 하셔서 말입니다. 하하!"

"⋯⋯그쪽도 쓸데없는 데 공을 들이는군."

문 앞에 서 있던 건 톰 스콧이었다. 블루베어 2팀에 있던 침착한 사나이.

아직 덜 여문 화이트먼과 달리 스콧은 꽤나 머리가 굴러가는 것처럼 보였다.

문을 열자 그는 시간이 되는지, 아주 공손한 태도로 물어보았다. 블루베어의 사장이 직접 그를 만나기 위해 찾아왔다는 걸 듣자 수현은 뜨악한 표정을 지었다.

물론 언젠가 찾아올 거라는 건 예상을 했었다. 그가 블루베어 2팀을 구해준 것도 구해준 것이지만, 그들 앞에서 보여준 퍼포먼스가 워낙 대단했던 것이다. 2팀이 안목이 없는 사람들도 아니었으니, 돌아가고 나서 접촉하는 건 거의 예정된 일이었다.

그렇지만 이건 너무 빠르지 않은가. 돌아가서 상황을 듣자마자 바로 출발해야 이 정도 속도가 가능했다.

'행동력이 대단한데.'

대형 용병 회사를 운영할 정도의 사장이니 평범한 사람을 찾기가 더 힘들긴 할 것이다. 그래도 이건 역시 너무 빨랐다. 수현은 어떤 사람인지 궁금해하며 발걸음을 옮겼다.

"곰?"

"그런 말 많이 들으십니다."

라운지에 앉아 있는 남자는 정말로 곰을 연상시켰다. 거대한 체구에, 험상궂은 생김새. 앞에 놓인 음식만 아니었다면 범죄조직의 두목이라고 해도 믿었을 것 같았다.

남자는 스콧과 수현을 발견하고는 손을 들어 올렸다.

"반갑군! 김수현. 맞나? 나는 로버트 맥클레인이라고 하네."

"반갑습니다."

마주내민 손을 가볍게 악수하고 수현이 앞에 앉자 로버트
가 입을 열었다.

"여기 핫케이크 괜찮군. 그쪽도 먹겠나?"

"……괜찮습니다. 저녁을 먹은 지 얼마 안 되서."

"그러면 나만 먹도록 하지."

호쾌하게 한 번 자른 후 한입에 삼켜버리는 모습을 보고
수현은 스콧을 쳐다보았다. 스콧은 난처한 표정으로 시선을
돌렸다. 우물거림과 함께 핫케이크를 삼켜버린 후, 로버트는
다시 입을 열었다.

"이야기는 오기 전에 다 듣고 왔네. 혹시 내가 왜 찾아왔
는지 짐작이 가나?"

"스카우트?"

"역시. 팀장답군."

냅킨으로 입 주변을 닦은 후 로버트는 가볍게 입가심으로
물을 마셨다. 블루베어의 사장 정도면 분명 손꼽히는 자산가
일 텐데 하는 행동에서는 야인 같은 느낌이 강하게 풍겼다.

"스카우트를 위해서 직접 왔네."

"보통 블루베어 정도면 스카우트 팀 따로 있지 않습니까?"

"특별한 경우에는 특별한 대응을 해야지."

로버트는 굵은 손을 들어 수현을 가리켰다.

"이번 경우에 자네가 해준 일은 몇 번을 감사해도 모자라니까 말이야. 일단 블루베어를 운영하는 사장으로서, 팀원을 구해준 것에 대해 감사를 표하네."

"서로 이익이 맞아서 구해준 거니 따로 감사를 표할 건 없습니다. 자원봉사하는 것도 아닌데요."

"돈은 관례대로 넣어줄 테니 감사는 따로 받아줬으면 좋겠군."

"그래야 마음이 편하시겠다면야."

수현이 어깨를 으쓱거렸지만 로버트는 아랑곳하지 않고 말을 이었다.

"그리고 딸을 가진 아버지의 입장에서 몇 번 더 감사를 표하지. 제니퍼를 데리고 나와 줘서 정말 고맙네. 설마 그 전력으로 빠져나오지도 못하고 그런 상황에 처할 거라고는 상상도 못 했어."

"카메론은 변덕스러운 곳이니까요."

로버트의 얼굴에는 진심이 묻어나왔다. 태연한 것처럼 보였지만, 그가 최근에 마음고생을 했다는 건 일목요연했다. 그런 건 숨기기가 힘들었다.

"워낙 실력이 있는 애고 그걸 실제로 보여줬기에 내버려 뒀었지만, 이번 일을 겪고 생각이 바뀌었어. 절대로 확인되지 않은 곳에는 보내지 않을 생각이야."

"흠. 저한테 말하시지 말고 따님한테 직접 말하시죠."

수현은 제니퍼를 떠올리며 그렇게 대답했다. 만난 지 얼마 되지 않았지만 그녀가 어떻게 반응할지는 뻔히 보였다.

"말은 벌써 했네."

"그래요? 뭐라고 대답합디까?"

수현의 질문에 로버트는 대답하지 않았다. 스콧을 쳐다보자 그는 쓴웃음만 지을 뿐이었다.

'대판 싸웠나 보군.'

"아무리 뭐라고 해도 생각은 안 바꿔. 확인된 곳에서도 언제 죽을지 모르는데, 확인되지 않은 곳으로 가는 건 미친 짓이야."

"동감입니다. 별로 현명한 짓은 아니죠."

계곡에 발을 들이민 수현이 그런 소리를 당당하게 하자 어이가 없었다. 로버트와 스콧이 수현을 쳐다봤지만 수현은 아랑곳하지 않았다.

"미확인 지역으로 가는 건 다른 팀에게 맡기고, 2팀은 확인된 지역에서 할 수 있는 일만 맡겨야지. 물론, 전력 보충도 하고서."

"사장님. 제가 입사하러 온 사람도 아니고 블루베어가 앞으로 어떻게 할지는 별로 안 궁금합니다. 그냥 본론이나 말해주시죠."

"알아들었으면서 일부러 못 알아듣는 척을 하는군. 자네가 새로운 2팀에 들어와 줬으면 하네."

예상 가능한 제안이었다. 블루베어 2팀의 전력은 절반이 넘게 날아가 버렸고, 그렇다고 다른 팀에서 전력을 빼 와서 메꾼다면 밑돌을 빼서 윗돌을 고이는 것이나 마찬가지였다.

게다가 전력을 뺏긴 다른 팀이 가만히 있을 리가 없었다. 그런 짓을 당하면 당장에 가족이라는 이유로 특혜를 준다고 반발이 일어날 것이다.

역시 가장 좋은 건 외부에서 끌어오는 것이었다.

"죄송합니다만 마음만 받겠습니다. 저는 누구 밑에서 일하는 타입이 아니라서요."

"밑에서 일 안 해도 되네."

"……?"

"2팀에 들어온다면 팀장 자리를 약속하지."

"……!"

가볍게 거절하려던 수현은 의외의 말에 눈을 살짝 크게 떴다. 2팀의 팀장 자리를 제안한다고?

"이미 팀장이 있잖습니까? 사장님 따님이 그런 걸 받아들일 사람은 아닐 텐데요. 괜히 들어가서 말도 안 듣는 사람 데리고 다니는 건 사양입니다."

"팀장을 정하는 건 내 권한이야. 싫더라도 받아들여야지.

만약 그걸 거절한다면, 난 상관없네. 쉬게 하면 그만이지."

로버트의 눈은 진지했다. 그는 정말로 그렇게 생각하고 있었다. 만약 수현이 들어오는 것 때문에 제니퍼가 안 하겠다고 말한다면 그걸 핑계로 물러나게 만들면 됐다.

"그럴 만한 이유가 있습니까?"

수현은 이해가 가지 않았다. 보아하니 딸을 안 아끼는 것도 아닌데, 굳이 서로 감정을 상해가면서 수현을 팀장으로 데려와야 할 이유가 있나 싶었던 것이다. 스카우트라면 다른 조건의 스카우트도 얼마든지 있었다.

"그 애는 뛰어난 초능력자고, 뛰어난 탐사대원이지. 하지만 뛰어난 팀장이냐고 묻는다면⋯⋯. 스콧한테 있었던 일 들었네."

"있었던 일이 한두 개가 아닌데. 무슨 일 말하시는 겁니까?"

"그 애가 기지에서 발끈했다고 들었는데. 아니었나?"

"아, 그거요?"

"팀장이라면 그 자리에서 참았어야지. 가족을 모욕하는 것처럼 들렸어도 혼자 있는 게 아니잖나? 가족이니까 믿을 수 있는 건 가족 안에서만 통하는 이야기지. 다른 사람들이 알 게 뭔가."

"아직 젊으니까 그럴 수도 있죠."

'이놈은 자기가 몇 살이라고 생각하는 거야?'

별로 나이 차이도 안 나 보이는데, 수현이 그렇게 말하자 로버트는 어처구니가 없었다.

화이트먼에 비하면 제니퍼는 속이 깊은 편이었다. 좋은 집안에 강력한 초능력자. 순탄한 길을 걸어왔는데도 저 정도라는 건, 애초에 그릇이 된다는 걸 의미했다.

그러나 로버트에게는 만족스럽지 않은 것 같았다.

"아직 어려. 무엇보다 참을성이 부족해. 일이 잘 풀릴 때는 상관이 없지만, 팀장의 진가는 일이 꼬일 때 나타나거든."

"스콧 시키시죠. 잘할 겁니다."

가만히 있던 스콧은 화살이 돌려지자 펄쩍 뛰었다.

"왜, 왜 갑자기 접니까?"

"제니퍼와 판단력은 비슷하게 좋고 머리도 잘 굴리고, 무엇보다 참을성 있으니 괜찮네요."

"스콧도 좋은 팀장이 될 수 있기는 해. 제니퍼만 없으면."

"……?"

"어렸을 때부터 제니퍼를 돌봐주다 보니, 저놈은 제니퍼한테 험한 소리를 못하거든. 제니퍼가 있는데 팀장을 맡아봤자 의미가 없지. 그러면 결국 제니퍼가 팀장 역할을 하게 될 테니까."

스콧은 부끄러운 표정으로 고개를 숙였다.

로버트 맥클레인에게 어렸을 때부터 신세를 지며 커왔기에, 제니퍼 맥클레인은 그에게 주인의 딸이나 다름없었다.

　"이제까지는 흠집 잡을 곳이 없어서 내버려 뒀지만, 이제는 고삐를 좀 잡아야지. 배울 건 배우고 가야 하지 않겠나. 그리고 자네가 생각하는 것처럼 그 애가 반발을 심하게 하지는 않을 걸세. 팀장으로의 권위는 내가 보장해 주지."

　"에이, 무슨……."

　"허, 참. 자네는 기껏해야 며칠을 같이 지냈을 텐데. 나는 그 몇십 배 넘는 시간을 같이 지냈네. 내가 정확하겠나, 자네가 정확하겠나?"

　그렇게 말하니 할 말이 없었다. 그렇지만 제안을 받아들일 생각은 아니었다. 이미 벌린 일들이 있었다. 이제 와서 다른 곳에 스카우트될 이유가 없었다.

　"죄송합니다. 다른 교사 구하세요."

　"이유를 물어봐도 되겠나?"

　"소꼬리보다는 닭 머리를 선호하는 성격이라서."

　"2팀 팀장이 소꼬리는 아니잖나……."

　"뭐, 그러면 소 몸통보다는 닭 머리를 선호한다고 하겠습니다. 우두머리 아니면 다 거기서 거기죠."

　로버트는 새삼스러운 눈길로 수현을 쳐다보았다. 다른 놈이 이런 태도를 보였다면 그냥 미친놈이라고 넘겼을 테지만,

수현은 이미 실적으로 그가 누군지 보여준 사람이었다.

제니퍼가 직접 어떤 사람인지 말을 해줬고, 거기에 스콧까지 보증을 했다. 수현은 단순한 치유 능력자가 아니었다.

온갖 초능력자들을 만난 로버트는 알고 있었다. 초능력보다 중요한 건 그걸 다루는 사람이라는 것을.

어떤 놈은 뛰어난 초능력을 갖고서도 별거 아닌 놈으로 끝나지만, 어떤 놈은 별거 아닌 초능력을 갖고서도 정점에 오르곤 했다.

그런 면에서 수현은 최상급의 초능력과 최상급의 능력을 갖고 있는 사람이었다.

과감하게 투자하지 못하는 사람은 여기서 머뭇거리거나 하위 팀의 팀장을 제안하고 살펴봤겠지만, 로버트는 아니었다. 직감이 온다 싶으면 팍 지르는 게 그의 성격이었다.

'거절하니 더 갖고 싶군.'

최근 들어서 만난 놈 중 이렇게 흥미를 강하게 불러일으키는 놈은 수현이 처음이었다.

'이 녀석을 어떻게 설득해야 할까…….'

로버트는 천장을 쳐다보며 생각에 잠겼다. 곰처럼 보였지만, 그는 명석한 머리를 갖고 있었다. 인재를 포섭하고 전략을 짜는 데 도사나 다름없었다.

"이런 데서 뵙다니, 우연이군요!"

"······?!"

로버트는 자세를 바로잡고 얼굴을 찡그렸다. 예상치 못한 불청객이 나타난 것이다.

수현은 그다지 놀라지 않았다. 정부의 감시가 있을 수도 있다고 생각했기 때문이었다.

정확히 말하자면 감시가 아니라 보호였다. 수현은 아티팩트를 혼자 갖고서 호텔에 머무르는 것이다. 다른 용병 회사의 경우 이런 걱정은 하지 않아도 됐지만, 수현의 경우는 조금 달랐다.

만약의 사태를 대비해서 호텔 주변에 한둘 정도는 붙여놨을 수도 있었다. 아티팩트를 탐내는 사람은 널려 있었으니까. 가장 최악의 경우는 타국에 뺏기는 것이었다.

'외국인과 대화하는 걸 보고 급히 보고를 올렸나 보군.'

수현의 추측은 정확했다. 감시원들은 갑자기 수현이 나오더니 외국인들과 이야기를 하는 걸 보고 바로 보고를 올렸다. 인상착의를 전해 들은 최현민은 찾아온 이들이 누구인지 바로 알아차렸다.

'블루베어······!'

당연히 스카우트가 아니라면 이렇게 찾아올 이유가 없었다. 설마 사장이 직접 찾아와서 스카우트를 시도할 줄은 몰랐기에 최현민은 기겁했다.

'막아야 해!'

엉클 조 컴퍼니의 특이성 때문에 이런 가능성을 잊고 있었다. 보통 정부와 같이 일하는 팀은 대형 용병 회사의 팀이었고, 이런 팀은 해외의 회사가 섣불리 흡수하거나 할 수 없었다.

그러나 엉클 조 컴퍼니는 아니었다. 성장하고 있다지만 결국 팀 하나로 이루어진 회사. 집어삼키는 건 일도 아니었다.

─당장 가서 막아!

국장의 호통을 전화 너머로 들으며 최현민은 바쁘게 움직였다. 그는 목적지로 이동하면서 속으로 블루베어를 저주했다. 인재 구하기도 쉬운 놈들이 왜 굳이 한국 쪽 회사에 와서 스카우트질이란 말인가.

국내 회사들이 서로 스카우트를 하는 건 그나마 나았다. 그러나 블루베어는 해외, 미국의 팀이었다. 미국이 한국과 긴밀한 사이긴 해도 미국으로 건너간 순간 한국 정부의 일은 그만둔다고 봐야 했다.

기껏 가능성을 가진 새로운 팀이 생겼는데 제대로 뭘 해보기도 전에 뺏겨버린다면 그것만큼 억울한 일도 없었다.

도착했을 때는 이미 한창 대화가 진행되는 도중이었다. 최현민은 얼굴에 철판을 깔았다. 일단 어떤 상황인지는 알 수 없었지만 대화는 끊어야 했다.

"이런 데서 뵙다니, 우연이군요!"

'연기 참 못하네.'

수현은 그렇게 생각하며 고개를 저었다. 로버트는 갑자기 나타난 최현민의 명함을 받고서 소개를 들은 후 얼굴을 찌푸리고 있었다.

'아. 한국 정부……. 그렇군. 그런 건가.'

최현민의 신분을 듣자 모든 것이 이해가 됐다. 엉클 조 컴퍼니 팀은 한국 정부와 협력해서 일을 하고 있었던 것이다. 정부가 유능한 회사와 손을 잡고 미개척지대를 탐험하는 건 그다지 놀라운 일도 아니었다. 미국도 그렇게 하고 있었으니까.

정부 입장에서는 기껏 구한 팀을 해외에 뺏길 수도 있는 상황이니 저렇게 급하게 끼어드는 것도 당연했다.

'하지만 그건 그쪽 사정이고.'

로버트는 한국인이 아니었다. 한국 정부를 위해 물러설 생각은 조금도 없었다. 기껏 손에 넣은 인재를 관리 못 하는 놈들이 바보지, 스카우트를 하는 게 잘못은 아니었으니까.

"그러면 오늘은 여기까지만 이야기할까?"

로버트는 묵직한 소리를 내며 자리에서 일어났다. 그는 수현의 손에 명함을 하나 쥐여 주고서는 의미심장한 목소리로 말했다.

"언제라도 생각이 바뀌면 연락을 하게나. 게다가……. 국가 지원으로 일을 하고 싶으면 꼭 한국만이 선택은 아니지."

"……!"

자기가 앞에 있는데도 노골적으로 말을 하는 로버트의 모습에 최현민의 표정이 돌변했다.

"우리도 정부와 인맥은 있네. 자네라면 그 정도는 짐작하겠지. 나라면 큰 쪽에 붙겠네. 큰 쪽에 붙어서 손해 보는 경우는 없지 않나?"

로버트는 말을 마치고 웃음과 함께 나가 버렸다. 덕분에 최현민과 수현은 어색해진 분위기 사이에 놓이게 되었다.

"하, 하하…….."

"안 웃으셔도 됩니다."

수현의 말에 최현민은 어색한 웃음을 그쳤다.

"블루베어와 만나는 것 때문에 이 시간에 급히 오신 겁니까? 성격이 의외로 급하시네요."

"아니, 그게 아니라……."

말을 돌리려던 최현민은 이미 수현이 눈치채고 있다는 걸 깨닫고 한숨을 쉬었다. 이렇게 노골적으로 행동을 했는데 더 이상 시치미를 떼는 건 무리였다.

"혹시 스카우트를 받으실 생각이십니까?"

"글쎄요?"

최현민의 표정이 어두워졌다. 수현은 가볍게 웃으면서 말했다.

"걱정 마시죠. 받을 때는 서로 일에 지장이 없게 사전에 말씀드리고 받을 테니까."

'그런 문제가 아니잖아!'

수현은 이미 알면서 저렇게 말하는 게 분명했다. 최현민은 더 이상 말을 하지 않았다. 어설픈 설득은 오히려 독이 될 것 같았다.

"저도 그렇게 의리 없는 사람은 아닙니다. 정부 측에서 제대로 일 처리만 해주면 다른 곳에 갈 일은 없을 겁니다…… 아마도."

차라리 대놓고 협박을 해라. 최현민은 진심으로 그렇게 생각했다. 저건 오히려 더 무서웠다. 조건이 안 맞으면 언제든지 떠날 수 있다는 소리 아닌가.

"……알겠습니다. 저희도 최선을 다하겠습니다."

"믿고 있습니다."

왔을 때보다 훨씬 더 힘없어진 모습으로, 최현민은 밖으로 떠났다. 수현은 위로 올라가며 오늘 있었던 일들을 되새겨보았다.

'점점 재미있어지는군.'

사실 블루베어가 이렇게 적극적으로 접근해 올 줄은 몰랐다. 기껏해야 보상과 함께 다른 담당자가 와서 감사 인사 정도를 할 줄 알았는데, 사장이 직접 와서 노골적으로 스카우트 제안을 하다니.

'안에서 무슨 일이 있었는지 좀 궁금한데……. 알 방법이 없나?'

돌아가고 나서 2팀의 생존자들과 로버트 사이에서 분명 무슨 대화가 있었고, 그것 때문에 로버트가 강한 인상을 받은 게 분명했다. 그렇지 않다면 저 태도가 설명되지 않았다.

세상에는 기록되는 수치만으로 사람을 평가하는 사람이 있고, 직감과 인상으로 사람을 평가하는 사람이 있었다. 장단점은 거르더라도 로버트는 확실히 후자였다.

그렇지만 그래도 지금은 옮길 생각이 없었다. 한국을 배경으로 두는 것의 장점 때문이었다.

전생에서 했던 일들은 대부분 한국 측과 관련이 있었던 일이었다. 미국과 같이 공조해서 한 일도 있었지만, 역시 주는 한국 측이 주도했던 일들이었다.

미국으로 넘어가 버리면 좋든 싫든 미국 정부가 원하는 일들을 해줘야 했다. 그리고 그건 수현이 알고 있는 것들과 겹치지 않을 가능성이 컸다. 굳이 잘 알고 있는 메리트를 버리고 넘어갈 필요가 없었다.

차라리 이런 식으로 경쟁을 붙여 한국 정부가 줄 수 있는 걸 더 높이면 높였지…….

'어쨌든 덕분에 정부 쪽에서는 좀 안달이 나겠군. 고맙다. 블루베어. 은혜를 이렇게 갚다니.'

"어떠냐?"

"너무 급하게 지은 거 아닌가 싶었는데, 이 정도면 뭐…….."

수현은 고개를 끄덕이며 괜찮다는 투로 말했다. 조승현은 그 말을 듣자 주먹을 불끈 쥐었다. 지금 그들은 새로 완성된 엉클 조 컴퍼니의 회사 부지 앞에 서 있었던 것이다.

"그런데 인원에 비해 규모가 너무 큰 거 알고 있죠? 아무리 정부 쪽에서 지원을 해준다지만…….."

"알고 있어. 빨리 인원 충당할 테니까 걱정하지 마라. 그렇다고 해서 개나 소나 데리고 오면 네가 가만히 있을 건 아니잖아!"

"그렇죠."

"에이, 진짜……."

꼭 초능력자에 집착하지 않는다는 점에서 수현의 조건은 그렇게 까다로운 건 아니었지만, 그렇다고 인재가 넘쳐나지는 않았다. 수현은 다른 건 몰라도 인성은 엄격하게 요구했던 것이다.

'용병하겠다는 놈들 중에서 인성 똑바른 놈이 얼마나 된다고…….'

속으로 투덜거렸지만 수현의 요구는 타당했다. 조승현도 비슷한 철학을 가지고 있었으니 1팀을 저렇게 모은 것 아닌가.

"천천히 모으세요. 어차피 앞으로 몇 개 정도는 현재 인원으로 해결할 거고, 그때 되면 인원이 알아서 몰려올 겁니다."

"뭐?"

"첫 번째는 우연이라고 하더라도 두 번째는 실력이 되거든요."

지금 엉클 조 컴퍼니의 위치는 미묘했다. 정부는 분명 그들의 실력을 인정하고 있었지만, 동시에 일말의 불안감도 가지고 있을 것이다.

첫 번째처럼 다음 일도 해결이 가능할까?

어찌 보면 당연했다. 수현의 팀은 수현과, 이제 새로 추가된 김창식을 제외하면 초능력자도 없는 팀이었으니까. 두 번째 일도 쉽게 해결해 버리면 이제 그 불안감은 믿음으로 바뀌게 되어 있었다.

"그보다 최현민 씨가 연락을 안 받던데. 뭡니까? 다음에 할 일에 대해서 상담 좀 하려고 했었는데."

"아. 바쁠 만하지. 지금 개발계획국이 정신이 없을 거야."

"……?"

"사고가 터졌거든. 레드우드 숲 쪽에."

"그 이야기, 자세히 좀 들어봅시다."

정확히 말하자면 레드우드 숲에서 사고가 터진 건 아니었다. 처음에는 다시 한번 테러 사건이 터진 거라고 생각했던 수현은 설명을 듣고서야 안심했다.

'미치지 않고서야 들키고 나서 억지로 밀어붙이지는 않을 거라고 생각했지.'

들통이 났는데도 다시 뻔한 시도를 하는 건 국가 단위 분쟁으로 가자는 선언밖에 되지 않았다. 그건 카메론 행성의 방식이 아니었다.

"우리가 권리를 구성에 넘기고, 그 이후 한국군이 그 주변으로 진출한 건 알지? 진돗개와 협력해서."

"당연하죠. 그런데 진돗개가 있으면 그 주변에서 사고 터질 일이 없을 텐데요? 캘커타 고릴라도 죽은 상황에 군이……."

수현은 한국군에 문제가 생겼다고 생각했다. 초능력자가 아닌 일반인들로 구성된 한국군이니만큼 만약의 상황에서 문제가 생기기는 가장 쉬웠다.

그러나 조승현은 고개를 가로저었다.

"아니, 문제가 생긴 건 진돗개 팀이야."

"……?!"

이건 좀 의외였다. 진돗개 정도 되는 회사가 거기에서 사고가 나다니? 물론 카메론 행성에서 절대적인 건 없다지만…….

"레드우드 숲 주변을 안전하게 확보하고 나서, 유통 라인까지 만들고 나니 그쪽에서도 욕심이 생겼나 봐. 기껏 손해 봐가면서 새로운 곳을 뚫었으니까."

"그럴 만도 하죠."

카메론 행성에서 새로운 지역에 적응하는 건 힘든 일이었다. 진돗개 측처럼 피해를 예상보다 많이 본 경우에는 더더욱.

"그래서 추가 탐사를 계획했나 보더라고."

"거기서 추가로 할 곳이면……. 케바스와 지역입니까?"

"뭐야. 어떻게 알았어? 이미 듣고 왔냐?"

"들었으면 물어보지도 않았죠. 아메스 평야는 이미 널리 알려진 곳이니 추가 탐사할 것도 없고, 거기서 붙어 있는 곳 중에서 추가로 나아가서 이익을 얻을 만한 곳은 케바스와 지역이잖습니까."

캘커타에서 더 동남쪽으로 깊숙이 내려가면 나오는 곳.

알려진 것만 따지면 몇 팀 정도만이 다녔던 곳이고 그들에게서도 딱히 유의미한 보고가 올라오지는 않았었다. 그렇기에 진돗개 측에서 이번 기회에 제대로 된 탐사를 계획한 것이다.

'거기가 오크들하고……. 아. 그놈이 있었나.'

"그래서 누가, 어떻게 문제에 빠졌답니까?"

"나도 자세히는 못 들었어. 그쪽 일이니까. 근데 대충 소문 들어보니까……. 1팀이 연락 두절 된 것 같더라."

"이런 미친. 진돗개 사장이 기절했겠는데요."

하필 1팀이라니. 회사의 가장 핵심 전력이 실종된 것 아닌가. 보지 않아도 그쪽 분위기가 짐작이 갔다.

"그뿐만이 아니라 레드우드 숲 담당자들도 기절하려고 하더라고. 사안이 사안이니만큼 개발계획국도 엮여 들어가지 않았겠어?"

캘커타 정글지대에 들어가서, 레드우드 숲과 연결된 통로를 만들고 수송로를 개척한 후 주변의 몬스터들을 얼추 제거하기는 했지만 그곳은 여전히 위험한 곳이었다.

거기에 들어간 한국군 부대는 분명 진돗개 팀이 있었기에 믿고 진출을 했을 것이다.

한국군은 병사들이 미개척 지역에 들어가는 것에 상당히 조심스러워했다. 예전에 그런 문제 관련으로 워낙 홍역을 겪었기 때문이다. 그런데 이렇게 진돗개 내부에서 난리가 나버리다니.

그 주변에서 1팀과 다른 팀이 교대로 머무르며 힘의 균형을 맞춰주고 있었는데, 이렇게 되어버리면 일이 꼬였다.

1팀이 행방불명 된 이상 진돗개는 가만히 있을 수가 없었다. 전력을 넣어서 실종된 팀을 찾으러 나서든지, 아니면 피눈물을 흘리면서 더 이상의 희생자를 막기 위해 포기를 하든지.

물론 둘 다 레드우드 숲 관리에는 적합하지 않은 선택이었다. 이미 그들은 에우터프 지역에서도 텃밭을 일군 것이다.

'난리가 났겠군. 찾으러 들어가거나, 포기하고 물러나거나……. 레드우드 숲은 팔아넘기나? 이 상황에서 1팀이 없어지면…….'

에우터프 지역을 버리고 캘커타 정글지대에 중점을 둘 수
도 있었지만, 수현이 보기에 그럴 가능성은 희박했다. 진돗
개는 에우터프 지역에서 활동한 걸로 규모를 이룬 회사였다.

"자원관리실이나, 아니, 행성관리부까지 갈 수도 있겠군
요. 그쪽에서 나서는 건 설마 진돗개를 도와주기 위해서입
니까?"

"도와줄 여력이 어디 있어? 아마 레드우드 숲의 관리를 포
기하지 말아 달라고 하기 위해서일걸."

"그거야말로 힘들 겁니다. 에우터프도 있는데 1팀이 사라
진 상황에서 레드우드 숲까지 같이 관리하려고 하면……. 그
럴 가능성은 희박하죠."

한쪽 다리가 사라진 상황에서 두 마리 토끼를 쫓는 건 바
보나 하는 짓이었다. 진돗개가 혼란스러운 상황이었지만 그
정도 판단은 가능할 것이다.

"제대로 똥 밟은 거지. 1팀이 실종된 이상 도와줄 놈도 없
을 거고, 상황은 어떻게 풀어가야 하니까. 어쨌든 그래서 그
쪽이 지금 정신없을 거야. 이야기할 임무는 뭐였는데?"

"생각이 바뀌었습니다."

"……?"

"그놈들, 우리가 도와주죠."

"……?!"

조승현은 어이가 없어서 수현을 뚫어지게 쳐다보았다. 방금 진돗개 1팀이 실종되어서 도와줄 놈이 없다는 말은 귓등으로 들은 것인가? 1팀이 한 명도 돌아오지 않고 실종되었다는 건 그만큼 위험하고 뭐가 있을지 알 수 없다는 뜻이었다.

"장사는 원래 여유 있는 놈들이 아니라 급하고 아쉬운 놈들 상대로 해야 제맛이죠."

"아니, 장사고 자시고……. 지금 그놈들 1팀이 실종된 거잖아. 그걸 도와주겠다는 거 맞지? 내가 제대로 이해한 거 맞냐?"

"아주 제대로 이해하셨습니다."

어지간한 일들은 숨 쉬는 것처럼 쉽다고 말하는 수현이었지만, 아무리 그래도 이건 정도가 심했다. 조승현은 다시 골치가 아파오기 시작했다. 수현을 믿고 밀어줘야 하는가, 아니면 그의 이성을 믿고 그를 말려야 하는가?

'무슨 폭주한 기관차도 아니고……!'

"야. 그래도 내가 사장이잖아."

"누가 사장 아니라고 한 적 있습니까?"

"나 좀 안심시켜 주라. 아무리 좋은 기회라고 해도 그렇지, 매번 목숨 걸고 미친 짓을 해야 하냐? 기껏 궤도에 올랐으니 좀 안전하게 가도 되잖아……."

조승현의 목소리는 애절했다. 중년 남성의 애절한 목소리를 듣는 건 그다지 기분 좋은 경험이 아니었다. 수현은 어쩔 수 없다는 듯이 고개를 저으며 말했다.

"이건 그다지 미친 짓이 아닙니다. 다 생각하고 말하는 거 거든요."

"어떻게?"

"지금 사장님은 왜 반대하시는데요?"

"일단 진돗개 1팀 애들이 통째로 실종된 거잖아. 한 놈도 못 돌아왔고. 그렇지?"

"그렇죠?"

"그러면 그만큼 위험한 곳이라는 거지!"

"아니죠. 아니죠."

수현은 손가락을 흔들었다.

"그렇게 단정 지을 수는 없죠. 이번 카크리타 계곡을 생각 해 보세요. 카메론 행성에서 일어나는 일은 단정 지으면 안 됩니다. 아마 진돗개부터 시작해서 다른 사람들은 이렇게 생 각하고 있겠죠? '케바스와 지역에 있는 아직 알려지지 않은 강력한 몬스터가 1팀을 습격했고 그 공격으로 인해 1팀은 전 멸했거나 안에 갇혀 있다' 이렇게요."

실제로 조승현도 대충 그렇게 예상을 했었다.

"아니야?"

"진돗개 1팀은 그렇게 약한 팀이 아닙니다. 그 팀을 통째로 밟아버릴 만큼 강한 몬스터는 흔하지 않아요. 그리고 보통 그 정도로 강한 몬스터는 모습을 숨기지 않습니다."

카크리타 계곡이 지나치게 예외였을 뿐, 보통 진돗개 1팀 정도면 어디를 들어가든 간에 살아나올 정도는 되는 팀이었다.

그런 1팀이 한 명도 돌아오지 못할 정도로 강력한 몬스터를 만났다는 건 가능성이 작았다. 게다가 케바스와 지역은 몇 번 탐사가 있었고, 수현 같은 경우에는 안에서 뭐가 나오는지 뻔히 알고 있었다. 수현은 확신했다. 진돗개 1팀을 전멸시킬 정도의 몬스터는 거기에 없다는 것을.

"저는 다르게 생각합니다. 아마 특수한 몬스터를 만난 게 분명해요. 팀 전체를 특이한 함정에 빠뜨리는 몬스터. 거기에 어지간한 상황이 아니면 만나기 힘든 몬스터겠죠. 정체가 알려지지 않았으니."

"……!"

"시간이 지나면 운 좋게 진돗개 1팀이 자력으로 뚫고 나올 수도 있고 재수 없으면 전멸할 수도 있겠죠. 그렇지만 그건 중요하지 않아요. 중요한 건 진돗개사가 몸이 달았다는 겁니다. 지금 1팀 구출 관련으로 협상을 제시하면 어지간한 건 다 가능할 겁니다."

수현의 눈빛은 강렬하게 번쩍였다. 벌써부터 진돗개 측에서 무언가를 뜯어낼 생각으로 번뜩이는 눈빛이었다.

그걸 본 조승현은 한숨을 쉬었다. 이미 말리는 건 그른 상황이었고, 수현이 언제나처럼 그 특유의 능력으로 일을 잘 해결해 주기를 바랄 수밖에 없었다.

'이미 한배에 탔나.'

"너, 정말로 확신이 있는 거지?"

"언제나 그랬듯이, 직접 보여드리겠습니다."

수현의 당당한 태도에, 조승현은 그가 케바스왁 지역에 대해 무언가 알고 있다는 길 느꼈다. 카크리타 세곡처럼 말이다.

"······난 가끔 네가 무섭게 느껴질 때가 있다. 원래라면 소소하게 일하고 있었을 텐데······."

"하하. 이제 와서 또 왜 이러십니까?"

수현은 다른 곳에 가도 충분히 활약 가능한 특급 인재였다. 그런 놈이 굳이 작은 회사에서 이 고생을 해가면서 일하다니.

"뭔가 쓸데없는 생각을 하는 것 같으신데."

"응? 아니야, 아니야."

"혹시 왜 제가 이런 곳에서 일하냐는 생각이면······."

'귀신같은 자식!'

"진짜 그런 생각 하셨나 봅니다? 어쨌든 나중에 가면 그런 생각은 안 하게 될 겁니다. 제가 회사의 방향을 같이 결정하게 해달라고 한 게 농담으로 들리셨습니까?"

"쥐뿔도 안 되는 회사 방향을 같이 결정해 봤자……."

"더 키우면 그만이죠."

남이 들으면 코웃음을 칠 소리를, 수현은 진지하게 말하는 재주가 있었다. 그리고 실제로 수현에게서는 힘이 느껴졌다. 자신이 한 말이 실제가 되게 할 만한 힘이.

"어쨌든 상대가 진돗개라는 게 운이 좋았습니다. 다른 곳은 확신을 가지지 못 할지 몰라도, 진돗개라면 흔들릴 수밖에 없을 겁니다."

이미 같이 일을 해본 것으로, 진돗개는 엉클 조 컴퍼니가 어떤 방식에 능한지 잘 알고 있었다. 사전 지역의 정보를 확실하게 파악하고서 최대의 능률을 추구하는 방식.

"제안을 보내시죠. 치유 능력자 포함으로, 진돗개 1팀 구출에 나설 의향이 있다고."

"우리 측이 요구하는 건?"

"당연히 아티팩트죠."

사업 영역은 요구할 수 없었다. 받은 다음에 관리하는 것도 문제였지만, 진돗개가 가만히 있지 않을 거라는 게 더 큰 문제였다.

만약 이걸로 에우터프 지역에 진돗개가 이뤄놓은 것들을 뺏는다면, 이번 일이 끝나고 나서 그들은 어떻게든 견제와 공작으로 회수하려고 할 것이다. 그만큼 예민한 문제였다.

"아티팩트……. 과연 주려고 할까?"

"저는 줄 가능성이 크다고 생각합니다. 그쪽도 바보가 아닐 테니 중요한 아티팩트는 숨기겠죠. 그런 건 어차피 얻어낼 가능성이 없으니 포기하고, 그걸 제외한 다른 리스트에서만 얻어도 충분합니다. 저희는 지금 초능력자가 너무 적어요."

"그렇긴 하지."

"진돗개 측에 교섭 보내기 전에, 최현민 씨와 접촉해서 이야기 먼저 끝내놓으세요. 정부 측도 가능만 하면 반가워할 겁니다."

이제 엉클 조 컴퍼니는 아무런 이름이 없는 회사가 아니었다. 무시할 수 없는 실적을 빠르게 쌓아 올린 곳이었다. 그런 곳에서 진지하게 구출 작전을 제안한다면 가볍게 볼 수 없었다.

거기에 정부 측은 진돗개 1팀이 무사히 돌아올 수만 있다면 쌍수를 들어 환영할 것이다. 현재 레드우드 숲에 관련된 치안 문제가 완전히 해결되니까.

"좋아. 한 번 해보자!"

조승현이 교섭을 하고 있는 동안에도 수현은 쉬지 않았다.

이번 일은 혼자 할 생각이었기 때문이었다.

사실, 초능력을 숨기지 않아도 된다는 점에서 혼자 하는 게 더 편한 부분이 있었다. 물론 사정을 모르는 다른 사람들이 보면 죽고 싶어서 안달 난 놈으로 보이겠지만.

미개척지에서 혼자 버티는 건 이미 익숙했다. 거기에 이번 일을 해결하려면 좀 화려하게 날뛰어야 했는데, 아무리 그의 행동에 익숙한 대원들이라고 해도 너무 노골적으로 행동하면 의심을 가질 수밖에 없었다.

"다시 한번 더."

"커헉!"

"기침 그렇게 크게 하는 거 보니 아직 할 힘 있군. 일어서. 초능력이 활용하기 힘들면 아티팩트라도 잘 활용해야지."

수현은 지금 김창식을 훈련시키고 있었다. 번개 도끼를 가장 잘 쓸 수 있는 건 초능력자로 각성한 김창식이었다. 그의 능력은 한정적인 상황에서만 쓸 수 있으니 초능력자라는 장점은 아티팩트로 살려야 했다.

"저 표적을 맞출 수 있을 정도의 컨트롤은 되어야지. 아군 오사라도 하면 책임질 건가? 내가 치유 능력자라고 해도 아무 상처나 다 치료하고 싶지는 않은데."

"그, 그렇지만…… . 저건 너무 멀잖…… ."

수현은 아무런 말 없이 김창식의 번개 도끼를 뺏어 들었다. 그러고는 가볍게 휘둘렀다. 푸른색 전격이 튀어나오더니 저 멀리 설치된 표적에 정확하게 명중했다.

"!!!"

"내가 가능하니 너도 가능하다. 간단한 원리지. 아마 일 때문에 자리를 비우게 될 것 같은데, 다녀올 동안 해낼 수 있도록 하라고."

"이건 사기야……! 재능이 아닌 다른 걸로 승부합시다!"

"사기는 무슨. 초능력자로 지낸 시간이 차이가 나는데 이런 컨트롤에서 차이가 나는 건 당연하지. 헛소리하지 말고 노력해. 아티팩트를 잘 다루는 건 정말로 노력밖에 없어."

그렇게 말하는 동안 조승현이 멀리서 그를 불렀다. 수현은 수건으로 가볍게 이마의 땀을 닦으며 걸어갔다.

"어떻게 됐습니까?"

"일단 협상은 될 것 같다. 그쪽에서 티는 못 내도 엄청나게 반가워하더라고."

"그러겠죠. 1팀 날아가면 여기서 장사는 다 한 거니까. 그런데 일단이라니. 뭐가 문제가 있는 겁니까?"

수현은 조승현의 말에 뭔가 위화감을 느끼고 물었다.

"음……. 우리가 요청한 게 아티팩트 두 개잖아? 하나는 사전에, 하나는 이후에."

"그렇죠."

하나는 일에 착수하는 대가로, 다른 하나는 1팀의 구출에 성공했을 때의 대가로. 물론 문서로는 훨씬 더 복잡하게 쓰여 있었지만 대략적인 골자는 저것이었다.

"그쪽에서 끝까지 버티더라고. 사전 보수는 돈으로 지급할 테니 아티팩트는 성공 보수로 2개를 하자고."

"이해가 안 가는 것도 아니긴 한데……."

수현이 돌아온 다음 '어쩔 수 없었습니다. 1팀은 전멸했습니다'라고 말하면 진돗개는 억울해도 할 말이 없었다. 아무것도 얻지 못하고 아티팩트만 하나 날리는 꼴이 되는 것 아닌가. 1팀이 사라진 상황에서 아티팩트는 정말 소중한 전력이었다.

"그렇지만 아쉬운 건 결국 그쪽이잖습니까?"

"그렇긴 해. 그래서 정부 쪽 관계자하고 입을 맞춰서 어떻게 잘 해보려고 했는데, 그쪽에서도 워낙 끈질겨서."

수현은 잠시 생각에 잠겼다. 돌아가는 모습을 보아하니 진돗개는 더 이상 양보하지 않을 가능성이 컸다. 실패했을 경우의 위험에 겁을 먹은 게 분명했다.

"그러면 돈으로 받죠."

"뭐?!"

조승현은 기겁했다. 물론 돈도 적은 액수는 아니겠지만, 이렇게 나오면 처음의 의미가 사라지는 것 아닌가.

"선금이요. 선금. 더 졸라봤자 받아들이기는 힘들 것 같으니까요. 그쪽도 사람인데 이런 상황에서 과감하게 나오기는 힘들겠죠. 대신 성공할 시에는 아티팩트 세 개를 내달라고 요청합시다."

"……?"

"1팀의 핵심 전력을 구출하는 데 성공할 경우에는 아티팩트 세 개. 더 비싸졌지만 성공만 하면 충분히 지불할 가치가 있겠죠. 이러면 그 사람들도 받아들일 겁니다."

"괜찮겠냐? 성공하면 더할 나위 없겠지만, 실패하면……."

"조금 불안하더라도 크게 걸어봐야죠. 그리고 전 진돗개 1팀을 믿습니다. 그 정도 실력이면 할 만한 도박이죠."

"알겠다. 그렇게 다시 말해볼게."

"네. 고생해 주세요."

"아. 맞다. 하나 물어볼 게 있었는데."

"……?"

"너 대원들한테 말 안 하냐? 쉬운 일도 아닌데 미리 말을 해야 마음의 준비를 할 수 있잖아."

"아. 이번에는 저 혼자 갑니다."

"……뭐?"

조승현은 정말 기절할 듯이 놀랐다.

"혼, 혼자서 들어간다고?"

"그렇게 놀랄 일은 아닌데요. 어차피 탐사나 처치가 목적이 아니잖습니까. 들어가서 진돗개 1팀이 살아 있으면 치료해서 데리고 나오고 없으면 그냥 빠져나오면 되는 겁니다. 혼자가 편해요."

말도 안 되는 소리를 수현이 하면 그럴듯하게 느껴지는 건이미 몇 번이고 경험한 현상이었다. 조승현은 고개를 흔들어서 정신을 차리려고 했다.

"너 혹시……. 이소희 때문에 그러는 건 아니지?"

조승현은 머리를 짜내서 그나마 납득이 가는 이유를 떠올렸다. 가족과 관련된 일에서 냉정하기는 힘든 법이니까. 그러나 그 말을 들은 수현은 뭔 소리를 하냐는 듯이 그를 쳐다볼 뿐이었다.

"예? 뭔 소립니까?"

"……이소희가 거기 1팀 팀장하고 가족이잖아. 말했다고들었는데. 아니었냐?"

"아. 그랬었죠? 잘됐네요. 구해 나오면 이소희 씨가 기뻐하겠네."

수현은 돌아오는 길에 간식을 사 오면 누군가 기뻐하겠네 ~ 정도의 투로 가볍게 말했다. 조승현은 다른 건 몰라도 하나는 확신할 수 있었다.

'이 자식은 피도 눈물도 없는 놈이 분명해.'

이런 상황에서는 믿음직스럽긴 했다. 감정에 휘둘리지는 않을 테니까. 그렇지만 이소희가 나름 진지하게 말했을 가정 사항을 기억도 하지 않고 있었다니.

"쓸데없는 소리 하지 마시고 진돗개 측하고 협상이나 확실하게 해주세요. 나중에 쓸데없이 발목 잡히지 마시고."

"밀실에서 하는 비밀 계약도 아니고, 정부 측 관계자 다 들어가서 하는 협상인데 그럴 리가……. 아. 그러고 보니 너 단독으로 한다는 것도 말을 해야겠군."

벌써부터 담당자들의 얼굴이 상상이 갔다. 미친놈 쳐다보듯이 쳐다보거나, 정부 측 관계자들은 아예 말릴 수도 있었다. 그걸 다 어떻게든 설득해서 일을 진행시킬 생각을 하니 속이 쓰렸다.

'아티팩트를 선금으로 안 받아서 망정이지…….'

2일이 지난 후, 엉클 조 컴퍼니와 진돗개 사이의 협상은 완료되었다. 조건은 수현이 수정한 부분에서 달라지지 않았다.

그리고 바로 그 다음 날, 수현은 만반의 준비를 마치고 출발했다.

17장
케바스왁 지역

"이야. 벌써 길을 닦아놓으셨네."

"아직 다 완성된 건 아닙니다만……."

케바스와까지 가는데 수현 혼자서 모든 길을 가야 하는 건 아니었다. 캘커타 정글지대의 레드우드 숲이 발견된 후 그걸 옮기기 위해 기지와 통로가 빠르게 만들어졌고, 수현도 그 덕을 볼 수 있었다.

그가 하려는 일이 진돗개와 정부에게 모두 좋은 일이니 최우선적으로 쓸 수 있는 것도 당연했다.

'감지기에, 길을 보니……. 통째로 발랐군. 돈이 많은 곳은 이래서 좋다니까.'

일정 간격으로 감지기를 설치한 후 몬스터의 접근을 피하게 하는 냄새만 계속 뿌려도 위험은 기하급수적으로 줄어들었다. 들어가는 비용이 문제였지만, 얻을 수 있는 이익을 따져본다면 그건 충분히 감당할 수 있었다. 물론 이것도 그럴 만한 덩치가 있는 곳만이 할 수 있었지만.

"아마 한국군이 순찰하기는 좀 위험할 텐데. 그건 진돗개가 하고 있습니까?"

"원래는 그랬습니다만, 이번에 일이 터지고 나서는 중지되었습니다."

운전석에 앉은 남자의 얼굴에는 긴장이 가득해 보였다. 그는 운전을 하면서도 주변의 모습과 차에 연결된 감지기 화면을 계속해서 훑어보았다. 언제라도 몬스터가 나올지 몰라서 불안해하는 모습이었다.

인류가 자원 가치가 있는 특정 지역을 발견하면 그다음 과정은 대체로 비슷했다. 그 지역에 임시 기지를 만들고, 자원을 안정적으로 옮길 수 있는 통로를 만든다.

물론 그 과정에서 통로 주변의 몬스터를 쓸어버리는 건 필수적인 절차였다. 처음 토벌 이후에도 지속적인 순찰을 해야 안전을 보장할 수 있었다.

그런데 지금은 진돗개의 일 처리가 거의 정지된 것이나 마찬가지인 상황. 긴장할 수밖에 없었다.

"그러면 도착하면 깨워주세요."

"······?!"

수현은 태연하게 눈을 감고 고개를 뒤로 젖혔다. 어차피 이 주변에서 나타날 만한 놈은 감지기에 걸릴 것이고 나타나면 상대하면 됐다.

게다가 이 주변에는 이미 한바탕 소탕이 있었을 것이다. 몬스터가 그렇게 빨리 다시 나오지는 않았다. 괜히 겁먹을 이유가 없었다. 수현은 그런 걸로 에너지를 낭비하는 사람이 아니었다.

'독은 챙겼고······. 놈이 나오는 곳은 뻔하니 어떻게 들어갈지만 고민하면 되겠군.'

원래라면 전멸할 리 없는 팀이 한 명도 돌아오지 못하고 실종됐다. 이걸 케바스와 지역과 연결 짓는다면 한 가지 추측이 가능했다.

'케바스와 개미귀신.'

독특하고 기묘한 능력을 가진 몬스터였다. 놈은 지하에 잠복해 있다가 땅 위를 걷는 먹잇감의 소리를 들으면 움직였다.

단단한 땅을 마치 모래처럼 부드럽게 만들어서 먹잇감을 아래로 순식간에 가라앉게 만드는 능력. 이 능력 때문에 놈에게는 개미귀신이라는 이름이 붙었다. 놈에 대해 모르고 있었다면 일단 무조건 아래로 끌려갈 수밖에 없었다.

워낙 숫자가 적고 활동하는 영역이 좁은 몬스터라 케바스 왁 지역에서도 어지간해서는 만날 일이 없었지만, 자세히 조사하느라 오래 돌아다녔다면 만나도 이상할 건 없었다.

그리고 진돗개 1팀이 정말로 케바스왁 개미귀신에게 지하로 끌려간 거라면……

'살아 있을 가능성이 매우 크지.'

케바스왁 개미귀신의 전투력은 그렇게 강한 편이 아니었다. 기껏 지하로 끌어들인 먹잇감한테 당하는 경우도 종종 보였다. 수현이 보기에, 진돗개 1팀 정도라면 케바스왁 개미귀신에게 기습적으로 끌려가도 충분히 놈을 잡을 수 있었다.

문제는 그다음이었다.

놈은 잡았지만 암반은 이미 다시 단단해져 버렸기에 탈출은 불가능했고, 케바스왁의 지하를 헤맬 수밖에 없었다. 밖에서 출구를 알고 들어가는 게 아니라면 단기간의 탈출은 불가능했다.

'밖에서 출구를 잡고 헤매는 놈들을 찾아서, 다친 놈들을 치료해 주고 밖으로 안내해 준다. 그것만으로 아티팩트 세 개가 굴러들어오다니. 이렇게 남는 장사도 없지.'

진돗개사가 진상을 알게 되면 억울해서 눈물을 흘릴지도 몰랐다. 그렇지만 수현은 떳떳했다. 카메론 행성에서는 믿지 못하고 먼저 안달 낸 놈이 잘못이었다.

물론 이것도 수현의 가설이 맞아야 가능한 결과였지만, 수현은 나름 가능성이 크다고 여겼다. 케바스왁의 상황, 진돗개 1팀의 강함, 그리고 현재 상황. 조합해 봤을 때 충분히 시간을 투자할 만한 가치가 있었다.

　"후……."
　수현은 한숨과 함께 고개를 들었다. 이번에도 허탕이었다.
　지금 수현은 케바스왁 지역에 들어와 있었다. 레드우드 숲 근처의 기지에 들린 후 바로 출발한 것이다. 도착한 수현이 가장 먼저 시작한 건 케바스왁 개미귀신의 흔적을 찾는 일이었다.
　'희귀한 놈이긴 한데, 이렇게까지 안 보일 줄은 몰랐는데.'
　한시를 다툴 정도로 촉박한 일이 아니긴 했다. 수현의 가설이 맞다면 조금 늦어도 진돗개 1팀은 무사할 것이다. 수현이 두려워하는 건 다른 점이었다.
　진돗개 1팀이 자력으로 탈출에 성공하는 것.
　그들도 바보가 아니었다. 처음에는 헤매더라도 시간이 지나면 어떻게든 적응을 할 것이다.
　계약 조건을 지키려면 수현이 먼저 찾아가서 그들을 데리고 나와야 했다. 그렇기 위해서는 케바스와 개미귀신이 먹잇감을 찾은 흔적과 그 위치를 알고 가는 게 좋았다. 지금은 확신도 할 수 없는 상황이었으니까.

'진돗개 1팀의 예상 경로는 여기서부터……. 다시 동쪽으로. 여기서 오차 범위를 따져도 더 이상은 가능성이 희박한데.'

규모가 있는 용병 회사는 정석이 있었다. 규칙이나 다름없는 정석. 이동하기 전 예상 경로를 세우고 어지간해서는 그 경로를 벗어나지 않았다. 만약에 있을 사태를 대비하는 것이다.

'찾았다!'

수현은 기쁨의 탄성을 내질렀다. 바닥에 새겨진 물결무늬.

마치 한 곳을 중심으로 새겨진 것처럼 넓게 새겨져 있었다. 아무것도 모르는 사람이 보고 지나간다면 '신기한 무늬군' 하고 넘어갔겠지만, 수현의 눈에는 다른 것이 보였다.

이건 개미귀신의 흔적이었다.

'흐릿하고 많이 지워진 걸 보니……. 시간상으로 역산하면……. 대충 맞군.'

시간, 공간, 상황. 우연이 이렇게까지 겹쳐지면 확신을 가질 수 있었다. 진돗개 1팀은 개미귀신에게 끌려간 게 맞았다.

쿵! 쿵!

수현은 일부러 강하게 바닥을 내리찍어보았다. 개미귀신은 소리로 먹잇감을 찾는 놈이었다.

이런 식으로 바닥에 내는 소리에 예민하게 반응했다. 수현은 무거운 파워 아머도, 물자 이동용 로봇도 갖고 오지 않았으니 이 정도로 크게 소리를 내줄 필요가 있었다.

그러나 반응이 없었다.

"흐음……."

개미귀신은 배가 부르다고 먹잇감을 안 잡는 놈이 아니었다. 이렇게 노골적으로 영역에 소리를 냈는데 반응을 안 한다는 건 놈이 다른 곳으로 영역을 옮겼거나…….

"죽었겠군."

이미 죽었을 가능성이 컸다. 이럴 경우에 범인은 진돗개 1팀이었다. 점점 그들이 살아 있을 가능성이 커지고 있었다.

'자. 그러면 다음 장소로 가 볼까.'

비교적 낯선 곳을 돌아다닐 때는 언제나 뛰어난 안내인이 필요했다. 그곳이 케바스왁의 지하라면, 수현은 뛰어난 안내인들을 알고 있었다.

"뭐, 뭐냐! 너는!"

"친구들, 부탁할 게 있어서 왔는데."

오크들은 갑작스럽게 나타난 이방인을 보고 경악해서 외쳤다. 단지 이방인의 출현에 놀란 건 아니었다. 다른 종족의 이방인이라면 여기에서도 볼 수 있었으니까.

놀란 건 수현의 발치에 제압당한 오크들이 쓰러져 있었기 때문이었다.

'오크들은 참 상대하기 편하단 말이야.'

오크들을 상대하는 상인들이 들으면 기절을 할 소리였다.

이 주변에 사는 오크들은 대부분 케바스왁의 지하에 능숙했다. 그들의 도움을 받으면 안에서 헤매고 있는 이들을 데리고 나오는 것 정도는 쉽게 할 수 있었다.

그렇지만 도움을 받는 게 문제였다. 오크들은 대부분 이방인에게 적대심이 강했고 그들의 영역에 타인이 들어오는 것을 싫어했다. 괜히 협상을 시도했다가는 자존심을 긁어서 쫓겨날 수 있었다.

그래서 그들을 잘 아는 수현은 오히려 공격을 유도했다. 오크들의 부락 근처를 돌아다니면서 시선을 끈 후, 꺼지라고 소리지르는 그들을 모르는 척하자 그들은 바로 수현을 두들겨 패기 위해 달려들었다.

'오크들을 상대할 때에는 약한 척은 금물이지.'

정당방위니 법적으로도 문제가 없고, 상대방에게 숙이고

들어갈 필요도 없었다. 수현은 그들을 손쉽게 제압하고서 부락 앞까지 걸어갔다.

"멈춰라, 더 이상 들어오면 쏘겠다!"

"이봐. 조용히 돌아다니는 나를 먼저 공격한 건 이놈들이야. 그러고서도 협박이라니. 뒷감당할 자신이 있나?"

수현은 권총을 손에 들고서 빙글 돌렸다. 오크들을 상대할 때는 완급이 중요했다.

힘을 보여줘서 우위에 서 있다는 걸 알려주되, 오크에게 지나친 피해는 입히면 안 됐다.

자존심이 강한 이들인 만큼 일족을 죽인 놈에게 굽히느니 목숨을 걸고 일전을 치르는 것이다. 이런 선을 몰라서 수많은 상인이 오크한테 공격당하거나 오크를 죽이고 법정에 섰다.

"으음……."

입구에 모인 오크들은 주저했다. 수현의 태도에서 무언가 자신감이 느껴졌기 때문이었다. 인간들에 대한 소문은 이종족들에게 이미 퍼져 있었다. 초능력처럼 신기한 기술을 다루는 종족들.

그런 종족의 전사를 공격하는 건 꺼려지는 일이었다. 잘못 건드렸다가는 일이 커질 수 있었으니까.

"싸우지 말고 좋게 해결하자. 어때?"

"뭘 원하나?"

"말이 통하는 놈이 있었군. 이름이 뭐지?"

"모고크다. 네 이름을 밝혀라. 전사."

"김수현. 내 부탁을 들어준다면, 이놈들이 먼저 덤빈 건 없었던 걸로 해주지."

"……"

모고크는 오크 중에서 꽤나 위치가 높은 것 같았다. 그가 나서서 말하자 다른 오크들이 그의 판단을 기다렸던 것이다.

"일부러 도발했나?"

"무슨 소리를. 깨어나면 물어보라고."

'저놈들이 약한 놈들이 아닌데……'

모고크는 초조한 듯이 입술을 혀로 적셨다. 수현에게 쓰러진 놈들은 젊은 전사들이었다. 저런 놈들이 저렇게 제압을 당했다는 건 수현의 실력이 생각보다 뛰어나다는 걸 증명했다.

죽이는 것보다 다치지 않게 제압하는 게 더 어렵다는 건 모고크도 알고 있었다. 일단 수현의 실력은 인정할 수밖에 없었다.

거기에 이상한 기술을 쓰는 인간이라는 게 마음에 걸렸다. 그런 이들과 싸워서 좋을 건 없었다.

'어쩔 수 없나.'

상대방의 태도를 보면 일부러 노린 것 같았지만, 일이 이렇게 된 이상 그건 무의미했다. 모고크는 보초들의 성격을 알고 있었다. 조금만 긁어주면 바로 발끈해서 덤벼들었을 것이다.

"……뭘 원하나?"

"너희들은 아마 이 밑으로 내려가는 길을 알고 있겠지?"

수현이 아래를 가리키면서 말하자, 모고크는 수현이 무엇을 말하는지 깨달았다. 이 주변의 지하에 나 있는 통로를 말하는 게 분명했다.

"그렇다."

"그 길만 안내해 주면 돼."

"정말인가? 단지 그것뿐이라고?"

"속고만 살았나? 설마 이런 사소한 다툼 때문에 무리한 부탁을 하겠어? 애초에 그쪽이 들어주지도 않을 거 아냐."

수현은 은근슬쩍 오크들을 띄워주었다. 그들이 협박당하고 있다는 걸 잊을 수 있도록.

"인간들은 독특한 것에 관심을 가진다고들 하더군. 지하에 뭔가 탐나는 게 있나?"

"그건 왜 묻지?"

"너 같은 인간들이 몰려와서 좋을 건 없으니까."

"맞는 말이긴 한데……."

확실히 생각해 보니 타인의 접촉을 꺼리는 오크들이 좋아할 만한 상황은 아니었다. 수현은 잠깐 생각에 잠겼다. 케바스와 지하에는 뭐가 있었지?

수현도 여기 지하는 탈출할 때를 제외하고서는 그다지 돌아다닌 적이 없었기에 정확히 기억이 나지 않았다. 그렇지만 가치가 있을 만한 자원이 있지는 않았었다.

"여기는 자원을 찾으러 온 게 아니라 동료를 찾으러 온 거야."

"동료?"

"개미귀신이라고, 음. 그 땅을 녹여서 빨아들이는 놈인데……."

"그놈이라면 우리도 알고 있다. 개미귀신이라고 부르지는 않지만."

"알고 있다니 이야기가 빠르군. 어쨌든 동료들이 사라졌는데, 그놈한테 당한 거 같아. 그래서 지하에 내려가려는 거다. 중간에 떨어졌으면 제대로 길을 찾기는 무리일 테니까 말이야."

모고크는 수현의 말을 듣고 고개를 끄덕였다. 이제야 수현의 이유가 납득이 간 것이다. 다 믿을 수는 없었지만, 말한 게 사실이라면 그다지 반대할 만한 이유는 아니었다.

"이후에 이걸로 귀찮게 할 일이 없을 거라는 건 약속하지."

"좋아. 안내해 주겠다."

모고크는 결정을 내렸다. 어차피 수현을 보니 여기서 거절한다고 해서 쉽게 물러날 놈은 아니었다. 일단 안내해 준 다음 정말로 동료를 구하러 온 건지 확인하는 게 나았다.

"대신 내가 직접 안내해 주겠다."

"뭐? 정말로?"

"왜. 싫나?"

"아니, 나야 상관없지."

모고크는 떠보듯이 질문했지만, 수현은 정말로 아무렇지도 않다는 듯이 즉답했다.

같이 들어가 봤자 정말로 사람을 찾으러 온 것이었기에 아무런 거리낌이 없었다. 수현의 눈에는 모고크가 무슨 생각을 하는지 뻔히 보였다.

'어떻게든 알아보려고 하는군. 좋은 자세지만…….'

역시 구석에서 인간과 교류를 한 적이 없는 오크들이었기에 한계가 보였다. 만약 수현이 사악한 속셈을 갖고 있는 사람이었다면 안에 같이 들어가도 그럴듯한 연기로 이들을 속일 수 있었을 것이다.

원래 이 행성에 살고 있는 이종족들과 새로 진출한 인류의 관계는 아직도 복잡했다.

어쨌든 수현은 이들을 속일 생각이 없었다. 이 주변에서는 챙길 만한 것도 없고, 진돗개 1팀만 무사히 구하고서 빠져나 갈 생각이었다.

"모고크. 정말 괜찮겠나? 저놈이 만만치 않은 놈인데, 혹시……."

"걱정 마라. 안에서 공격할 놈이라면 여기서 가만히 있지는 않았을 거다. 그리고 내가 그냥 당할 것 같나?"

모고크는 짐짓 자신 있어 보이는 표정을 지으며 가슴팍을 두드렸다. 그는 허리춤에 칼을 차고, 등에는 활을 둘렀다. 케바스왁의 지하가 그렇게 위험한 곳은 아니었지만, 방심할 수는 없었다.

"동료를 찾는다고 했지? 식량은 갖고 왔나?"

"물론. 내가 먹을 건 굳이 챙겨줄 필요 없다고."

오크식으로 건조시킨 고기를 씹으면서 탐사할 생각은 없었다. 수현이 갖고 온 칼로리팩은 무미건조하고 맛이 없기는 했지만 위생과 영양학적으로는 완벽했던 것이다.

"그러면 내 것만 챙기지. 자. 이 밧줄을 챙겨라."

"그건 필요 없어."

"??"

모고크는 수현을 뭘 모르는 놈을 보듯이 쳐다보았다.

"이래서 외부인은……. 여기서 태어난 놈들도 밑으로 내려갈 때는 조심해서 내려간다. 오만한 소리 하지 말고 빨리 밧줄을 챙겨라. 나중에 길을 잃으면 후회가 될 테니까."

"미안한데. 정말로 필요가 없거든?"

수현은 짐에서 지도 생성기를 꺼냈다. 사용자의 이동 거리를 정리해 자동으로 지도를 만들어주는 휴대용 장치. 이런 식의 미궁 같은 구조를 탐사할 때에는 정말로 편한 장치였다.

"밧줄을 챙기라는 건 길 때문이겠지?"

"그렇다."

"이게 밧줄을 대신할 거다. 정말로 괜찮으니 못 믿겠으면 밧줄은 너 혼자 쓰라고. 그래서, 입구는 어디야?"

모고크는 수현이 들고 있던 걸 눈을 깜박이며 쳐다보더니 고개를 돌렸다. 그의 태도에는 믿지 못하겠다는 기색이 가득했다.

"따라와라."

케바스왁의 지하로 내려가는 통로는 의외로 많았다. 문제는 대부분이 자연적으로 생성된 통로였기에, 사람이 다니기에 적합한 것은 드물다는 점이었다.

'다들 이종족들을 너무 무시한다니까.'

상인들은 그나마 장사 때문에 이종족들에게 관심이 많았지만, 용병들 중에서 이종족들이 대단하다고 생각하는 이들은 숫자가 적었다.

이종족들은 그렇게 무시당할 만한 이들이 아니었다. 그들은 기술력이야 인간보다 밀리지만 이 행성에 인류보다 훨씬 더 오래 살아왔다. 인류가 알지 못하는 정보를 알고 있는 게 그들이었다.

수현은 이종족들을 무시하지 않았다. 그가 해결했던 일들 중 이종족들에게서 정보를 얻어서 해결했던 일들이 수두룩했다.

이번 일 같은 경우도 진돗개 측이 오크 부족에게 접근해 이 주변에 있는 몬스터들에 대해서 정보를 얻었다면 이런 일은 일어나지 않았을 것이다.

'오크들이 상대하기 까다롭긴 하지만…….'

공기가 점점 서늘해졌다. 앞에서 걷고 있는 모고크는 한 손에는 등을 들고서 걸어가고 있었다. 이 주변은 이미 오크들이 많이 다녔던 곳인지, 흔적과 표식이 많이 보였다.

"이봐."

"……?"

"그거 불편해 보이는데, 그냥 이걸 쓰라고."

수현은 이미 휴대용 야간 투시경을 쓰고 있었기에, 모고크에게 간이 손전등을 건넸다. 모고크는 수상하다는 표정을 지으며 손전등을 붙잡았다.

"이게 뭐지?"

"네가 들고 있는 등이랑 비슷한 거다. 그건 꽤나 불편해 보이니, 여기에 두고 올라갈 때 가져가라고. 거길 누르면 불이 켜져."

"……!"

모고크는 당혹스러운 눈빛으로 손전등을 쳐다보았다. 그러고서는 조심스럽게 불을 켰다. 밝은 빛이 뿜어져 나오자 그는 화들짝 놀랐다.

"인간들이 신기한 걸 다룬다고 하더니, 정말이었군……!"

"그거 갖고 신기하다고 하면 조금 쑥스럽지만……. 어쨌든 너무 고립해서 지내는 건 좋지 않다고. 인간들하고 교류를 하라는 건 아니지만, 적어도 다른 이종족들과 교류를 하는 게 좋을 거야."

아메스 평야의 엘프들처럼 적극적으로 인류와 교류를 하는 정도는 아니더라도, 인류와 교류하는 다른 이종족들과 교류를 한다면 이런 손전등에 놀라지는 않았다. 물건이나 기술 같은 게 흘러오기 마련이었기 때문이었다.

"큿. 생각해 보겠다."

모고크는 놀란 기색을 숨기고 다시 앞으로 성큼성큼 걸어가기 시작했다. 수현은 그 뒤를 따르며 물었다.

"이 지하에 뭐가 있는지 아나?"

"너보다는 잘 알고 있다. 전사."

"그러면 잘 알고 있는 대로 말해보라고."

면박에도 수현은 아랑곳하지 않았다. 모고크는 수현을 잠깐 쳐다본 후 입을 열었다.

"먼저 동굴박쥐가 있다."

"한 방에 죽는 놈 말고. 다른 놈은?"

"……여기는 애초에 그렇게 강한 몬스터가 있지 않은 곳이다. 강한 놈을 찾고 싶으면 아까 말했던 개미귀신이나 찾아보는 게 어떤가?"

"개미귀신도 그렇게 강한 놈은 아닌데."

수현의 말에 모고크는 얼굴을 찌푸렸다. 개미귀신을 무시하다니. 잡는 게 무리는 아니었지만, 그들이 잡으려면 전사들이 모여서 각오를 해야 할 정도의 몬스터였다. 무시당할 놈은 아니었다.

"개미귀신이 강하지 않다니. 정령을 다루기라도 하나?"

"뭐? 아. 초능력을 말하는 거군. 각자 부르는 말이 달라서 헷갈린다니까. 쓸 줄 알지."

"……!"

모고크는 내심 놀랐지만, 생각해 보니 그렇게 놀랄 일은 아니었다. 이 주변에 보이지 않는 인간이 혼자서 여기까지 찾아온 데다가, 범상치 않은 자신감까지. 정령을 다룰 줄 안다면 설명이 됐다.

"그래서 그랬던 거였군."

"오크들은 개미귀신을 만나면 어떻게 하나?"

"밖에서는 애초에 싸울 일이 없다. 놈이 있을 만한 곳은 피해 다니니까. 여기에서도 어지간해서는 싸우지 않는다. 깊숙이 들어갔다가 만나면 피하고, 가까운 곳에 둥지를 차리면 잡는다."

갑작스럽게 끌어들인다는 점에서 까다롭고 귀찮은 놈이었지, 정상적인 상황에서 대면하면 도망치는 게 어렵지는 않았다.

"흠. 그렇군. 오크들이 여기를 들락거리는 건 붉은돼지버섯 때문인가?"

"......?!"

모고크는 오늘 보여준 것 중 가장 놀란 표정으로 수현을 쳐다보았다.

"어, 어떻게 알았지?"

"이 주변에 너희만 사나? 다른 놈들한테 건너 들었지."

"아. 아하. 그렇군......."

이 지하는 충분히 넓었고 다른 오크 부족들도 그들이 모르는 또 다른 통로로 지하에 내려올 수 있었다. 그렇다면 수현이 아는 것도 이상한 건 아니었다.

"다른 부족 중에서 너희들과 교류하는 놈들도 있나?"

"있으니까 전해 들었지."

"으음……."

사실 지금 상황에서 교류를 하고 있는 오크 부족들이 있는지는 알 수 없었지만, 수현은 아무렇지도 않게 거짓말을 했다. 어차피 이 주변은 넓어서 이 거짓말이 진짜인지 알아낼 방법이 없었다.

모고크는 수현의 말을 듣자 생각에 잠겼다. 주변에서 인간들과 교류하고 있다는 이종족들에 대해서 이야기를 못 들은 건 아니었다. 그렇지만 그들의 부족은 무슨 이익을 얻든 상관없이 접촉을 피하기로 결정을 내렸었다.

그러나 정말로 괜찮은 것일까?

"여기서부터는 내가 앞장을 서지."

"뭐라고?"

"슬슬 거리를 좁혀야 하거든."

이제까지는 모고크가 길을 벗어나지 않았기에 내버려 뒀지만, 이제는 수현이 방향을 잡아야 했다. 그들이 사라진 곳을 중점으로 좌표를 잡았으니 그 주변을 탐색하는 게 좋았다.

'꽤 거리가 남았군.'

"길을 잃거나 하면……."

"밧줄 다 떨어지면 돌아가도 상관없어. 아니, 지금 돌아가도 상관없겠군. 말했지만 입구만 알려주면 도움은 필요 없다니까?"

"일단 다 떨어질 때까지는 가보겠다."

오크 부족들이 많이 다니는 곳은 이미 지나온 상태. 여기서부터는 표식을 새로 남겨야 했다. 그러나 수현은 표식 하나 남기지 않고서도 태연한 모습이었다. 모고크는 수현이 들고 있는 게 뭐든 간에 도저히 신뢰가 가지 않았다.

'정말 괜찮은 게 맞는 건가?'

일단 수현이 멍청한 사람 같지는 않았지만, 처음 보는 사람에게 일정 이상의 신뢰를 기대할 수는 없었다.

"멈춰."

"……?"

"소리가 났다."

"무슨 소리냐? 들리지도 않았……."

"입 닥치고 조용히 있어. 방해하지 말고."

방금까지 태연하게 이야기하던 수현은 살기를 내뿜으며 모고크의 입을 다물게 만들었다. 따지려던 모고크는 한 마디도 하지 못하고 그대로 입을 다물었다. 그만큼 수현의 기세가 날카로웠던 것이다.

적이 만만한 것과 상관없이, 방심은 금물.

소리를 들은 수현은 바로 상대할 준비에 들어갔다.

'원견은……. 힘들겠고.'

원견이 사용하기 편한 마법이기는 했지만, 만능은 아니었다. 이 주변의 어둠은 바깥의 어둠과는 질적으로 틀렸다. 안에 광원이 하나도 없는 것이다. 어렴풋하게 실체를 볼 수 있는 곳이 아니라면 원견을 써도 별 의미가 없었다.

모고크는 여전히 수현의 태도를 이해하지 못하고 있었다. 그도 날카롭고 예민한 감각을 가지고 있었다. 그런 그가 듣지도 못한 소리를 들었다니……. 그는 바닥에 귀를 대보았다.

"……?!"

규칙적으로 울리는 작은 소리. 그제야 소리를 들은 모고크는 수현을 놀라운 눈빛으로 쳐다보았다. 이런 소리를 들었다고?

"뭐 같나? 개미귀신?"

"아니, 개미귀신은 아니다. 개미귀신은 이렇게 작은 소리를 못 낸다."

지금 둘이 있는 곳은 작은 공동 같은 구역이었다. 여기서 다른 곳으로 좁은 길이 몇 개 이어져 있었다.

"그러면⋯⋯. 다른 사람인가?"

"그럴 수도 있다. 우리만 들어오는 곳은 아니니까."

'진돗개 1팀은 아니겠지?'

수현은 살짝 고민했다. 지금 만나면 상황이 조금 애매해지기 때문이었다. 가장 이상적인 상황은 헤매고 있는 진돗개 1팀을 그가 직접 찾아가서 데리고 나오는 것이었다. 길을 잡고 나오는 그들을 만나면 이야기가 복잡해졌다.

그리고 나타난 것은 정말로 의외의 인물이었다.

"다크 엘프?!"

"오크?!"

"둘이 사이가 좋군."

수현은 들고 있던 총을 내렸다. 나타난 다크 엘프에게 적의가 없어 보였기 때문이었다. 만약 무슨 짓을 한다고 하더라도 1초면 염동력으로 숨통을 끊을 수 있었다.

"인간까지?!"

"그런데, 둘이 서로 말은 통하나?"

"난 엘프어를 모른다."

"나는 오크어를 조금 할 줄 알지만⋯⋯."

수현이야 통역기가 있었기에 다크 엘프가 쓰는 엘프어와 오크어를 모두 알아들을 수 있었지만, 이들은 접촉이 없다면 서로의 언어를 알 이유가 없었다.

"그럼 그냥 내가 물어보지. 다크 엘프. 여기는 무슨 일로 왔지?"

눈앞의 다크 엘프는 사냥꾼 같은 차림을 하고 있었다. 등에 메고 있는 짐과 손에 들고 있는 총. 그리고 수현을 봐도 놀라지 않는다는 점에서 인간과 접촉이 있는 이종족이 분명했다.

'애초에 이 주변에 다크 엘프가 없었지?'

"사냥 때문에 왔는데. 너희들은 누구야? 인간이랑 오크라니. 이거 무슨……."

"인간을 모르지는 않나 보군."

"누구를 오크로 알아? 이 총이 어디서 났겠어? 직접 인간 상인한테서 산 거라고."

"그러면 이야기가 빠르지. 여기는 목적이 있어서, 이 오크한테 길 안내를 부탁했다."

"아. 그런 건가?"

다크 엘프는 그제야 이 희한한 조합이 이해가 간다는 듯이 고개를 끄덕였다. 특별한 이유가 없다면 오크와 인간이 같이 다니는 건 보기 힘든 일이었기 때문이었다.

"사냥이라니, 여기서 있을 만한 건……. 개미귀신을 잡으러 왔나?"

"음……. 그렇긴 한데. 양보해 줄 생각은 없어. 나보다 빨리 잡을 수는 없을걸?"

"……?"

수현은 순간 이 다크 엘프가 무슨 소리를 하나 했다. 진지한 표정을 지으면서 저런 말을 하다니.

"개미귀신을 잡으러 온 게 아닌데?"

"아? 그랬어?"

모처럼 진지하게 말했다가 헛짚게 되자 다크 엘프는 민망하다는 듯이 웃었다.

"그러면 다행이네. 그러면 여기는 왜 왔는데?"

"개미귀신한테 당한 사람들이 있어서. 구출해서 데리고 나가려고 들어왔지."

"그거 참……. 아. 혹시 위치를 알아?"

"정확하지는 않더라도 대략적으로는 알고 있다."

"내가 도와줄까?"

"……개미귀신 시체가 필요한가 보군."

"……!!"

속마음을 들킨 다크 엘프는 살짝 놀란 표정을 지었다.

"너무 노골적이었나?"

"조금 그랬지."

"인간을 대하는 건 좀 어렵단 말이야. 아직도 적응이……."

"됐고. 개미귀신을 잡을 능력은 있나?"

다크 엘프는 들고 있던 총을 빙글 돌려 보였다. 구식 모델이 아닌, 최근에 나온 총. 용병들도 자주 사용하는 모델 중 하나였다.

그러나 딱 거기까지였다. 개미귀신은 다른 몬스터에 비해 비교적 상대하기 쉬운 놈이었지 들짐승처럼 만만한 놈은 아니었다.

오크들 같은 경우에는 집단으로 가서 싸우는데, 아무리 다크 엘프라고 하더라도 총 하나를 들고서 해치우는 건 자만이 지나쳤다.

"그걸로?"

"못 믿겠으면 개미귀신을 상대하는 건 나한테 양보하면 되잖아? 힘 안 빌리고 잡아 줄 테니까."

'초능력자인가?'

오크들이 여기까지 혼자 온 수현을 뛰어난 능력자라고 판단했듯이, 수현도 여기까지 혼자 온 다크 엘프를 뛰어난 능력자라고 생각했다. 다크 엘프들의 지역이 아닌 곳에서 혼자 돌아다니는 다크 엘프는 당연히 뭔가 믿는 구석이 있을 것이다.

"도와줄 필요는 없어."

"……."

다크 엘프의 얼굴에 살짝 실망감이 서렸다. 그러나 수현의 말은 아직 끝난 게 아니었다.

"하지만 같이 다니는 건 상관없으니, 같이 다니다가 개미 귀신이 보이면 언제든지 잡으라고."

"……!"

긴 귀를 위로 세우고, 다크 엘프는 자신만만하게 고개를 끄덕였다.

"좋았어. 맡겨두라고!"

"잠깐. 정말로 저 다크 엘프를 데리고 갈 건가?"

"뭐 어때. 너도 데리고 왔는데. 이제 와서 한두 명 더 는다고 달라질 것도 없잖아."

"으윽……."

모고크는 노골적으로 싫은 표정을 지었다. 오크인 그가 말로 하지 않고 이렇게 표정으로만 감정을 표현하는 건 드문 일이었다.

'내버려 둔다고 해도 어차피 따라올 것 같고. 게다가…….'

이런 곳에서 만난 다크 엘프의 실력이 궁금하기도 했다. 원래 이 주변에서 다크 엘프를 만나기는 힘든 것이다. 숨겨진 실력이 있다면 보고 싶었다.

"내 이름은 드리짓 샤이나. 그쪽은?"

"김수현이다. 이 오크는…….."

"아. 저 오크는 소개할 필요 없고."

"나도 네 소개 따위는 듣고 싶지 않다, 다크 엘프!"

"여기서 시간 끌고 싶지 않으니 이제 슬슬 둘 다 닥치라고. 사이 안 좋은 거 알겠으니, 규칙을 정해주지. 나는 내 친구들을 찾고, 너는 개미귀신을 찾고. 그거면 됐지? 그러니 둘이 서로 이야기할 필요도 없겠군. 서로 말 걸지 마. 먼저 말 거는 놈은……."

수현은 말끝을 흐렸지만 둘은 충분히 알아들었다.

"좋아. 다시 출발하자고."

"김수현, 그러면…… 용병이야?"

샤이나는 걸으면서 수현에 대해 물었다. 수현이 그녀에게 호기심이 생긴 것처럼, 그녀도 수현에게 궁금한 게 많았다. 이 주변에서 보이는 인간이 흔한 건 아니었다. 특히 수현처럼 혼자서, 오크와 돌아다니는 인간은 더더욱.

"인간들에 대해 꽤 잘 알고 있나 보군?"

"아까부터 뭔가 착각하고 있는 것 같은데, 난 여기 주변 오크들과 다르거든? 인간들이 누군지도 알고, 인간들 도시에도 출입한 적 있어."

"흠……."

수현은 고개를 끄덕였다. 확실히 샤이나가 가진 물건이나, 말하는 걸 봤을 때 도시에 들어온 적이 있다고 해도 놀랍지는 않았다.

"용병 맞지?"

"그래."

"그럴 것 같았어. 아니라면 이 주변에서 이렇게 돌아다니지는 않았을 테니까."

모고크는 둘의 대화가 궁금한 것 같았다. 알아들을 수 없는 언어로 떠들어대니 궁금할 수밖에 없었다.

"그쪽은?"

"나? 어, 그러니까……. 애매하긴 한데, 나도 비슷한 일을 해. 보통은 사냥꾼에 가깝지만."

"……?"

"으. 쉽게 말해서 그냥 돈 되면 일을 한다고."

"아. 그런 건가."

수현은 샤이나가 무슨 소리를 하는지 이해했다. 카메론 행성에서는 용병 회사처럼 집단으로, 조직적으로 움직이는 이들만 있는 게 아니었다. 트롤 사냥꾼들처럼 개인적으로 움직이는 사냥꾼도 있었고, 굳이 트롤이 아니더라도 개인 자격으로 움직이는 탐험가들이나 사냥꾼들은 수두룩했다.

미개척지의 귀중한 정보나, 특정 기업이나 개인이 의뢰하는 동식물. 이런 것들은 다 막대한 가치를 가지고 있었다. 인류와 동화된 이종족들 중에서 이런 일에 뛰어드는 이들은 종종 볼 수 있었다.

'당장 우리만 해도 오크 용병이 있으니······.'

"개미귀신의 시체를 가져와 달라고 하는 놈이 있었나? 아, 독?"

"어? 어떻게 알았어?"

샤이나는 그녀가 받은 의뢰를 수현이 너무 쉽게 맞추자 놀란 눈빛으로 쳐다보았다. 아무리 그래도 이건 너무 대단한 것 아닌가.

"뭘 놀라는 거야? 개미귀신이 가진 것 중에서 독 말고 딱히 비싸게 팔릴 만한 게 없잖아."

"잡아본 적 있었구나? 인간들은 모를 줄 알았는데······."

"거의 모르긴 하지."

당장에 진돗개 1팀도 몰라서 이런 꼴을 당했으니, 대부분 모른다는 게 과언은 아니었다.

"희귀한 독은 비싸게 팔리거든. 너. 정말로 욕심 없는 거 맞지?"

"관심 없다니까? 걱정하지 말라고."

샤이나는 수상쩍다는 눈빛으로 수현을 쳐다보았다. 그녀가 아는 용병은 욕심으로 가득한 직업이었다. 개미귀신에 대

해 잘 알고, 놈의 독이 희귀하다는 걸 잘 아는 용병이 욕심을
내지 않는 건 잘 납득이 가지 않았다.

'그 독, 별로…… 안 비싼 독인데.'

개미귀신이 갖고 있는 독은 별다른 가치가 없었다. 물론
미발견의, 희귀한 독이라는 메리트는 있었지만 지금 수현이
그것까지 챙겨서 팔아야 할 정도로 절박하지는 않았다.

그보다 수현은 지금 이 다크 엘프가 궁금했다. 이종족이라
는 신분을 살려서 각종 의뢰를 맡아 뛰는 것 같은데, 그렇다
면 초능력자는 거의 확실했다. 비 초능력자가 저런 일을 할
수는 없었다.

"다크 엘프가 사냥꾼 일을 하다니……."

"흔히 볼 수 없다고? 그 소리 그쪽한테 들으면 몇 번
째……."

"아니, 그 이야기가 아니라. 뭐 원하는 게 있나 해서."

"돈."

"어, 그러니까 돈 말고……."

"아니, 그냥 돈. 무조건 돈."

"보통 돈을 모을 때는 그 돈으로 뭔가 하겠다고 모으지
않나?"

"난 아니야. 돈보다 더 좋은 건 나한테 하나밖에 없어."

"……?"

"더 많은 돈."

"……."

나름 카메론 행성에서 경험 풍부한 걸로 치면 손가락 안에 꼽힌다고 자부하는 수현이었지만, 이런 독특한 이종족은 처음 만나보았다.

"아. 물론 돈을 모으기만 할 생각은 아니야. 돈을 모아서 쓸 계획도 세우고 있어."

"그건 안 궁금하지만, 어떤 계획이지?"

"인간들 도시 외곽에 끝내주는 저택을 사서 끝내주게 멋진 시설을 세우는 거야."

"음. 응원하지. 그보다 초능력자는 맞지?"

"뭐?!"

"……?"

"용병들 장비 중에서는 초능력 탐지기도 있는 거야?!"

"아니……. 그냥 짐작을 해본 거야. 용병들이 뭐라고 그런 걸 갖고 있겠어. 혼자서 돌아다니면서 의뢰를 해결할 정도면 보통 초능력자 정도는 되어야 가능하잖아."

수현이 설명을 하자 샤이나는 그제야 납득을 하고 고개를 끄덕였다.

"초능력자 맞아."

"능력은?"

"그건 비밀."

처음 보는 사람한테 능력까지 다 알려주는 게 더 이상한 일이었다. 혼자서 일하는 사람이 그 정도의 경계심도 없을 리 없었다.

"무슨 능력인지는 모르겠지만, 초능력자라면……."

쾅!

"무슨 소리야?"

"뭔가 두드리는 소리 같은데……."

콰지직! 콰직!

수현은 둘에게 뒤로 물러서라고 신호했다. 소리가 벽 뒤에서 나고 있다는 걸 깨달았기 때문이었다. 그들이 뒤로 물러서자마자, 벽에 금이 가더니 무너지기 시작했다.

흙먼지가 피어올랐다. 그리고 먼지가 걷히자 일련의 무리가 나타났다. 수현은 그들의 얼굴을 알아보고 미소 지었다.

"누구냐?"

진돗개 1팀 팀장, 이정우의 목소리는 피곤함이 섞여서 갈라져 나왔다.

수현은 그들의 인원이 멀쩡한 것을 확인하고서 기쁨에 가득 찬 목소리로, 친절하게 말했다.

"무사해서 정말 다행이야."

진돗개 1팀은 수현이 생각했던 것보다 훨씬 더 지하에서 헤매고 있었다. 지도 작성기를 사용한다면 처음 장소에서 나아갈 수 있었겠지만, 개미귀신한테 당해서 떨어진 충격으로 그들의 기타 장비를 보관하는 로봇이 박살이 나버린 게 문제였다.

느닷없이 기습을 당해서 정신이 없었지만, 숙련된 용병들답게 그들은 바로 개미귀신을 찢어 죽였다. 먹잇감을 사냥하기 위해 끌어들인 개미귀신은 입에 대보지도 못하고 초능력에 압살당했다.

심하게 부상당한 이도 없고, 장비가 박살 났지만 물자도 아직 충분히 남아 있었다. 진돗개 1팀은 처음에는 안심했다. 위로는 빠져나갈 수 없겠지만 곧 빠져나갈 수 있을 거라고.

그러나 계속 길을 헤매게 되자 그 안심은 불안으로 바뀌었다. 벽을 뚫고 길을 만드는 것도 해결하기 위해 나온 방법 중하나였다.

"전원 무사하다, 이거지?"

"그래."

이정우는 아직도 얼떨떨한 표정이었다. 여기에서 엉클 조 컴퍼니의 새 팀장을 만나게 될 거라고는 상상치도 못 했던 것이다.

"대단해. 역시 진돗개 1팀이야!"

"……? 우리가 대단하긴 한데…….."

이상하게 기분이 나빴다. 수현이 비꼬는 것 같지는 않았다. 그렇지만 무언가 놓치고 있는 느낌이었다.

"저기, 언제까지 여기 있을 거야? 우리를 구하러 온 거면 바로 밖으로 나가면 안 될까? 우리가 여기에서 얼마나 헤맨 줄 알아?"

"아니까 구하러 왔지. 걱정 마. 아. 그보다 여기 위치 보면, 개미귀신한테 당한 곳과 그렇게 안 떨어져 있는데, 놈의 시체는 어디 있지?"

"별로 안 멀어. 저 통로에서 오른쪽으로 돌면 바로 나올 거다."

그 말을 들은 샤이나는 허락을 구하는 눈빛으로 수현을 쳐다보았다. 수현은 어깨를 으쓱거리는 것으로 대답을 대신했다. 샤이나는 바로 뛰어나갔다.

'아. 생각해 보니 개미귀신의 독은…….'

"뭐냐, 저 다크 엘프는?"

"길 안내 때문에 만났지."

"저 오크도?"

"그렇지. 인사하라고, 모고크. 내 친구들이야."

"사과하지, 전사. 정말로 동료를 구하러 온 거였군."

모고크는 진심을 담은 목소리로 고개를 숙였다. 수현을 동료를 구하기 위해 혼자 찾아온, 그런 동료애 강한 인물로 착각하고 있는 게 분명했다.

수현은 그걸 알아차렸지만 아무런 말도 하지 않았다.

'결과적으로 비슷하잖아?'

"으아아아!"

"무슨 소리야?"

"내버려 둬. 절망하는 소리니까."

생각해 보니 개미귀신의 독은 휘발성이 강했다. 진돗개 1팀이 떨어지자마자 개미귀신을 해치웠다면, 지금쯤 이미 독이 말라 있을 것이다. 수현의 예상대로 얼마 지나지 않아 다시 샤이나가 모습을 보였다. 그녀의 귀는 옆으로 내려가 있었다.

"왜 그래?"

"독이 말라 버렸어."

"저런. 안됐네."

"젠장…… . 안 그래도 숫자가 적은 놈인데…… . 또 하나 더 찾는 건 무리겠지?"

"추천하지는 않아."

"크흠!"

"······?"

이정우는 헛기침으로 수현을 불렀다. 정신이 없기는 했지만, 그도 체면이 있었다. 혼자서 여기까지 그들을 구하러 온 수현이 쉽게 온 게 아니라는 건 알 수 있었다. 그런 그에게 노골적으로 재촉하는 건 양심에 찔렸다.

"아. 출발하자고?"

"가능하면 바로······."

"출발하고 싶으면 그렇게 말하지 그랬어. 출발하자고! 아. 다친 사람 있나? 있으면 치료부터 받아."

"???"

이정우는 위화감을 느꼈다. 그가 수현을 처음 만난 건, 레드우드 숲에서 있었던 싸움이 끝나고였다. 그때 그는 분명 까칠하고 오만한 태도였다.

그런데 이렇게 사근사근하고 친절한 태도라니. 마치 다른 사람 같았다.

'잠깐······. 왜 엉클 조 컴퍼니에서 온 거지? 진돗개도 치유 능력자는 있는데?'

이정우도 사람이었다. 어두운 공간 속에서 계속해서 탈출을 위해 헤맸기 때문에 바로 머리가 돌아가지 않았다. 밖이었다면 바로 진돗개가 아닌 엉클 조 컴퍼니 사람이 구조를 위해 왔다는 것에서 무언가를 눈치챘을 것이다.

"다크 엘프, 우리는 이제 올라갈 생각인데. 계속 여기를 돌 생각인가? 아니면 같이 올라가지그래?"

"샤이나라고 불러……. 같이 올라가자고?"

"개미귀신을 계속 사냥할 게 아니라면 도시에 들러야 하잖아. 어차피 우리도 도시로 갈 테니. 싫으면 따로 행동해도 상관없고."

"아니……. 싫지는 않은데."

샤이나는 이해가 가지 않는다는 듯이 수현을 쳐다보았다.

'내가 다크 엘프인 걸 모르나?'

"자. 그러면 출발한다. 여기 주변은 위험한 놈도 없으니, 마음 놓고 편안하게 따라오라고."

수현은 박수 한 번으로 주변의 주의를 환기시킨 후 앞장서기 시작했다. 진돗개 1팀과 수현, 다크 엘프, 오크로 구성된 기묘한 팀이 지상을 향해 걸어가기 시작했다.

임시로 만들어진 팀이었지만, 그렇다고 이들이 화기애애하게 움직이지는 않았다.

어찌 보면 당연했다. 수현이 진돗개 1팀과 같은 회사인 것도 아니었고, 평소에 같이 일하면서 동료의식을 쌓은 것도 아니었던 것이다.

길을 헤매고 있는 동안 만났으니 기쁘고 반가웠지만, 일단
그 순간이 지나면 굳이 친근하게 굴 이유가 없었다. 그들은
진돗개 1팀이었고, 진돗개 1팀은 엘리트 의식을 갖지 않으려
고 해도 안 가질 수 없는 위치였다.

'서먹서먹하군. 뭐, 상관없지.'

물론 진돗개 1팀의 대원들 중에서 무례하게 구는 이들은
없었다. 힘든 상황임에도 불구하고 이정우가 대원들을 어떻
게 관리하는지 알 수 있었다.

그렇지만 먼저 말을 걸어오거나 가벼운 대화 같은 것도 없
었다. 이정우가 구해주러 온 수현에게 어떤 이유로 여기에
온 거냐고 물은 게 전부였다.

수현이 이 주변 이종족들을 알고 있었기에 진돗개 측의 의
뢰를 받았다고 대답하자 이정우는 알았다는 듯이 고개를 끄
덕였다. 그걸로 알아서 납득을 한 모양이었다.

어차피 돌아가고 나서 자세한 사항을 들으면 기절할 듯이
놀랄 것이다. 받을 걸 생각하자 수현은 꼿꼿하게 구는 그들
에게도 친절한 마음이 샘솟는 걸 느꼈다.

"그러고 보니, 아까 무슨 소리를 하려고 했었지?"

지금 일행의 선두에 선 것은 수현과 모고크, 샤이나였다.
뒤에서 따라오고 있는 진돗개 1팀이 다가오지 말라는 분위

기를 풍겨대고 있었기에 모고크나 샤이나는 뒤로 갈 수가 없었다.

"내가 뭐라고 했었나?"

"벽이 터지기 직전에. 무슨 능력인지는 모르겠지만 초능력자라면 어쩌고 했었잖아."

"아. 그거."

수현은 기억을 떠올리고 고개를 끄덕였다. 말을 꺼내려다가 진돗개 1팀이 벽을 부수고 나타나는 바람에 끊겼었다.

"무슨 능력인지는 모르겠지만 초능력자라면 용병으로 일하는 게 가장 안정적이고 쉽지 않나? 돈을 원하는 거라면 더더욱."

용병 회사에 사람들이 몰리는 이유는 간단했다. 카메론 행성에서 개인의 능력으로 할 수 있는 일들 중 가장 안정적이고 가장 높은 수익을 노릴 수 있기 때문이었다. 개인 자격으로 돌아다니는 사냥꾼이나 탐험가 같은 건 어찌 보면 용병보다 더 위험했다.

그러나 샤이나는 어이가 없다는 표정으로 되물었다.

"무슨 소리를 하는 거야?"

"……?"

"내가 다크 엘프인 건 알고 있는 거지? 아까부터 반응이……."

"아. 그런 문제였나? 실례했군."

수현은 그제야 그가 뭘 놓치고 있었는지 깨달았다. 그는 샤이나를 카메론 행성을 잘 아는 이종족 초능력자라고 생각하고 있었지만, 다른 이들에게 샤이나는 다크 엘프 초능력자였다.

다크 엘프.

종족 자체만 보면 문제가 없었지만, 인류 사이에서는 편견이 생길 수밖에 없었다. 다크 엘프는 이종족 테러리스트로 악명이 높은 종족이었기 때문이었다.

최근에는 언론에 가끔 나올 정도로 많이 가라앉은 편이었지만, 계속해서 새로운 자원을 찾고 진출하려는 인류와 침입 자체를 거부하는 이종족들의 싸움은 필연적이었다. 모든 이종족들이 인류를 친근하게 대해주는 건 아니었다.

엘프들이 인류에게 우호적인 태도를 가진 대표적인 이종족이었다면, 다크 엘프들은 인류에게 적대적인 태도를 가진 대표적인 이종족이었다.

다수의 초능력자, 인류에게서 흘러나온 무기, 거기에 카메론 행성의 자연까지. 다크 엘프들은 적으로 돌렸을 때 결코 만만한 자들이 아니었다.

그런 문제가 있으니 이종족들을 받아들이는 용병 회사라도 다크 엘프는 받아들이기 꺼려 하는 경우가 많았다. 애초에 회사를 대표하는 앞번호 팀 정도만 되어도 믿을 수 있는 인간들로만 구성하는 경우가 많았는데 언제 어떻게 사고를 칠지 알 수 없는 다크 엘프는 더 말할 필요가 없었다.

'확실히 용병 회사가 그런 부분에서 조금 편집증적이긴 하지.'

용병 회사의 입장이 이해가 가지 않는 건 아니었다. 그들 입장에서는 다크 엘프에게 당한 게 아주 예전의 일이 아니었던 것이다. 당장에 몇 년 전으로만 올라가도 다크 엘프들에게 당한 용병들의 사례가 나왔다.

이미 충분히 위험한 환경에서 움직이는 이들이었다. 그나마 팀원들끼리라도 뭉쳐야 했는데, 여기에 능력 있다고 다크 엘프를 함부로 넣었다가는 위험할 수도 있었다.

"그러면 용병 회사에는 거절을 당한 건가?"

"응. 그렇지. 몇 군데 찔러보긴 했는데, 다들 좀 그렇다는 반응을 보이더라고. 됐어. 혼자 일해도 잘할 자신 있거든."

"아무리 그래도 혼자서 일하면 한계가 있을 텐데."

"뭐야. 무슨 소리를 하고 싶은 거야?"

"당장 이번만 해도 혼자서 일하니 더 찾지 못하고 올라가는 거잖아? 원래라면 더 오래 버틸 수 있었을 텐데."

"으. 그렇긴 한데…….."

샤이나는 반박할 말을 찾지 못해서 어물거렸다. 눈앞의 이

남자가 무슨 의도로 말하는 건지 알 수가 없었다.

"그거야 혼자 일하는 거니까 어쩔 수 없지. 감당해야지."

"같이 일할 생각은 없나?"

"?!?!"

샤이나는 정말로 놀랐다. 그녀는 자신이 잘못 들었거나 오해하고 있나 싶어서 되물었다.

"뭐?"

"같이 일할 생각은 없냐고 물었다."

"누구랑? 그쪽이랑?"

샤이나는 수현과, 뒤에서 따라오고 있는 진돗개 1팀을 가리키며 물었다. 갑자기 앞에서 다크 엘프가 손가락질을 하자 진돗개의 대원은 어이가 없다는 표정을 지었다.

"그러면 누구겠어? 그리고 뒤는 아니야."

"같은 팀 아니었어?"

"구출까지만 같은 팀. 구출하고 나면 남. 대충 그런 거지. 그쪽이랑 비슷하게 의뢰받아서 들어온 거야."

"아⋯⋯."

샤이나는 그제야 납득하고 고개를 끄덕였다.

"그러면 너도 혼자서 일하는 거야?"

"아니, 내 팀은 따로 있다. 지금은 도시에서 대기하고 있지."

"그렇다는 건……."

"용병 회사. 맞아."

"진짜 나를 넣겠다고?"

"혹시나 싶어서 다시 묻는 건데, 초능력자는 맞지?"

"초능력자 맞아."

"초능력자가 맞다면 무조건 환영이다."

샤이나는 기묘한 표정으로 수현을 쳐다보았다. 수현이 무슨 생각을 하는지 알아내려는 것 같은 표정이었다.

"내가 지금 일을 허탕 치기는 했지만, 그래도 푼돈을 받고 일을 하지는……."

"개미귀신 독을 올리려고 했지? 평소에도 그 정도 수준의 의뢰를 하고 다닌 거라면, 충분히 더 받을 수 있다. 그냥 와서 서류를 보지그래? 내가 거짓말을 했다면 그때 드러나지 않겠어?"

"으응……."

샤이나는 고민하는 표정으로 생각에 잠겼다. 확실히 수현의 말대로만 생각하면 저 제안은 손해 볼 게 없는 제안이었다. 도시에 도착한 후 직접 찾아가서 본 다음 결정하면 됐으니까.

그렇지만 그 손해 볼 게 없다는 게 마음에 걸렸다. 인류가 다크 엘프에게 전반적인 적대심을 보인 것처럼 다크 엘프도 인류를 신뢰하지 않았다. 혹시 그녀가 모르는 함정이라도 있을까 봐 샤이나는 고심했다.

"정 못 믿겠다면 어쩔 수 없고. 괜히 괴롭히는 거 같아서 미안하군. 잊어버려도 상관없어."

이런 타입의 사람을 상대할 때에는 계속 밀어붙여 봤자 좋을 게 없다는 걸, 수현은 잘 알고 있었다. 적당히 밀어붙인 다음 빼버리면 자기가 고민해 본 다음 알아서 오게 되어 있었다.

'돈으로 초능력자 한 명을 구할 수 있다면 무조건 이익이다.'

다크 엘프든 뭐든 간에 쓸 수 있는 인재는 무조건 써야 했다. 지금 엉클 조 컴퍼니는 입맛 따져가면서 성장할 상황이 아니었다.

"내가 다크 엘프인 게 정말로 상관이 없다는 거지?"

"물론."

"다크 엘프에 대한 악감정 같은 건 없고?"

"당사자가 아닌데 무슨 상관이야. 그런 걸로 악감정 갖기 시작하면 내가 악감정 가져야 할 사람이 한둘이 아닌데?"

"……?"

샤이나야 알 길이 없었지만 그런 논리로 악감정을 가져야 한다면 수현은 당장에 중국인들과 러시아인들부터 편견을 가져야 했다. 그는 이종족보다 타국 특수부대와 더 많이 싸웠던 것이다.

샤이나는 살짝 감동한 눈빛으로 수현을 쳐다보았다. 이종족에 대한 편견을 가지지 않은 인간은 그녀가 만나는 인간들 중에서 보기 드문 존재였던 것이다.

'뭐……. 수상한 짓을 하면 바로 죽여 버리면 되니까.'

샤이나는 수현이 무슨 생각을 하고 있는지는 꿈에도 몰랐다. 수현은 초능력이 강해지고 나서, 행동하는 폭이 넓어졌다.

예전이라면 혹시 모를 다크 엘프를 넣는 건 다시 한번 생각해 봤을 것이다. 바로 제압할 수 없는 초능력자를 넣는 건 혹시 위험할 수도 있었으니까.

그렇지만 이제 아니었다. 누구든 간에, 그의 초능력을 알려주지 않고 치유 능력자로 위장한다면 기습을 해서 바로 죽여 버릴 자신이 있었다. 이런 자신감이 행동의 폭을 넓혀주고 있었다.

"좋아. 도시로 돌아가고 나서 한 번 만나볼게. 어디 도시야?"

"평양."

"아. 한국 측이구나."

"맞아. 잠깐. 생각해 보니……. 조금 기다려야 할지도 모르겠다."

"······?"

"저 뒤에서 따라오고 있는 친구들하고 먼저 셈을 치러야 하거든."

⁂

올라오고 나서, 수현은 모고크와 악수를 나눴다. 아직도 수현을 오해하고 있는 모고크는 처음에 만났을 때보다 호의 적인 태도를 보여주고 있었다.

"고마웠어. 사례라도 하고 싶은데 마땅히 해줄 게 없군."

"됐다. 우리는 처음에 약속하지도 않은 걸 바라지 않 는다."

"흠. 그보다······. 혹시 인간들과 접촉하고 싶다면 여기로 연락하라고. 이것도 놓고 가지."

"뭐, 뭐라고?"

모고크는 당황해서 말을 더듬었다. 수현이 이런 말을 꺼낼 거라고는 생각지 못한 것이다.

"아니었나? 샤이나가 들고 있던 총도 그렇고, 여러모로 고 민이랑 호기심이 많은 표정이던데."

"그, 그게 아니라······."

"무조건 고립해서 지내는 것만 답은 아니야. 잘 모르는 인간들과 교류해서 손해를 볼 것 같다면, 여기로 연락하라고. 어느 정도 도움은 줄 수 있으니까."

"그쪽은 믿을 수 있고?"

"우리도 못 믿겠다면야 어쩔 수 없지. 그러면 알아서 잘해 볼 수밖에."

"으음……."

"참고로 여기에는 안 데리고 왔지만, 우리 팀에는 오크도 한 명 있어."

"정말인가?"

모고크가 이제까지 보인 반응 중 가장 큰 관심을 보였다.

"인간들 사이에서 일하는 오크들이 그렇게 희귀하지는 않잖아?"

"우리는 소문만 들었었다. 그런데……. 인간들의 도시가 정말로 오크들이 살기 좋은가?"

"그건 아니지."

수현은 솔직하게 답해줬다. 직설적인 대답을 들은 모고크의 얼굴이 살짝 굳었다.

"인간들이 만든 도시인데 인간들이 가장 살기 좋지, 다른 이종족들이 살기 좋겠어? 잘 사는 놈들은 잘 살고, 적응 못하는 놈들은 적응 못 하는 거야. 환상은 갖지 말라고."

"으음……."

"우리 쪽 오크처럼 아예 들어와서 일하라는 소리는 안 해. 그건 너무 급격하고……. 그냥 인간들과 접촉을 하면서 정보를 얻으라고. 계속 여기에 박혀 있어 봤자 고립될 뿐이니까. 당장에 무기만 해도, 그 무기 갖고 싸울 수 있겠어?"

수현이 활과 창칼을 가리키자 모고크는 얼굴을 붉혔다. 그가 나름 자부심을 갖고 있는 무기였던 것이다.

"이 무기는……."

"아니, 됐고. 얼마나 공을 들였는지 상관없이 중요한 건 성능이야. 아까 저 다크 엘프가 총 하나 들고 개미귀신 잡겠다고 들어온 거 봤지?"

"끄응……."

모고크는 한참을 고민하더니 입을 열었다.

"한 가지 궁금한 게 있다."

"……?"

"세상에는 공짜가 없는 법. 총이나 불이 나오는 등 같은 것들을 구하려면 우리도 뭔가를 지불해야 하겠지. 우리가 가진 것들 중에서 인간들이 탐낼 만한 게 있나?"

예리한 질문이었다. 그 질문을 들은 수현은 생각에 잠겼다. 확실히 이건 생각을 안 해봤던 문제였다.

그가 모고크에게 이런 친절을 베푼 것은 반은 진심이었고,

반은 계산이 섞여 있었다. 이종족들과 인연을 맺어두면 언제 어떻게든 도움이 되었다. 그들이 인간과 교류를 시작할 때 엉클 조 컴퍼니를 통한다면, 어떤 식으로든지 이익을 만들어 낼 수 있었다. 단순히 금전적인 이익이 아니더라도, 다른 곳의 이종족들과 소개시켜 주는 것만 해도 중요한 도움이 될 수 있었다.

그렇지만 이들이 가진 것 중에서 돈이 될 만한 것이라니. 이런 건 상인의 전문 분야였다. 수현도 나름 알기는 했지만 그렇게까지 전문적이지는 않았다.

'으음. 이런 건 상인 시켜야 잘하는데…….'

모고크는 수현에 대해 뭔가 착각하고 있는 모양이었다. 이런 곳을 돌아다니는 인간이니 저런 것에 대해서도 빠삭하리라 여기는 게 분명했다.

'무기? 이종족들 무기 좋아하는 수집가가 있긴 한데 그거로는 좀 안정적이지 않고……. 뭐 없나?'

나름 기대하고 있는 사람한테 잘 모르겠다고 말하기가 조금 그래서 고민을 해봤지만, 수현이 자세히 본 것도 아니었기에 대답하기가 애매했다.

원한다면 다음에 상인이라도 데려와서 파악해 주겠다고 말하려고 했을 때, 무언가 수현의 머릿속에 떠올랐다.

18장
준비(1)

'아. 붉은돼지버섯……'

수현의 머릿속에 떠오른 건 붉은돼지버섯이었다.

오크들이 이 지하에 들어가는 이유 중 하나인 물건. 그렇지만 이건 인간들에게는 가치가 없었다.

이 주변 오크들은 이 버섯을 식용부터 시작해서 보양이나 약용으로 다양하게 사용하지만, 그건 오크 특유의 신체구조가 버섯과 맞기에 효과가 나오는 것이었다. 인간들은 먹어 봤자 별다른 효과를 볼 수 없었다.

별것도 아닌 이런 버섯을 수현이 떠올린 이유는, 예전에 이 붉은돼지버섯과 관련된 사기가 언론을 시끄럽게 달군 적이 있었기 때문이었다.

'잠깐. 이걸 모아두라고 말해줘도 되나?'

카메론 행성에서 나오는 것들은 언제나 신비주의를 업고 있었다. 실제로 트롤의 피 같은 것들은 지구에서는 볼 수 없는 효과를 갖고 있었으니 사람들이 그러는 것도 무리는 아니었다. 지구에서 흔하게 보이는 광고 문구 중 하나가 바로 '카메론 행성에서 나온 XXX를 사용한~'일 정도였으니까.

당연히 악용하는 사람도 나왔다. 그중에서 붉은돼지버섯 관련 사기는 좀 규모가 큰 편이었다.

'회사 규모로 짜고 친 다음 광고를 그렇게 때려댔으니…….'

수현의 기억이 맞다면, 2년 안에 붉은돼지버섯 관련으로 강력한 광고가 시작될 것이다. '오크들의 체력과 정력의 비결!'같은 얼굴이 화끈해지는 광고 문구를 달고서.

그때 수현의 동료들도 솔깃해서 사려고 했던 기억이 났다. 물론 물량이 달려서 그들은 만져보지도 못했지만.

결국 제대로 된 연구가 시작되고 나서 인간에게는 그렇게 유의미한 영향이 없다는 발표가 나오자 붐은 순식간에 사라져 버렸지만, 그 반년에서 1년 사이 붉은돼지버섯은 정말 미친 히트상품이었었다.

'모아두면 분명 손해는 안 볼 테지만……. 문제가 생기지는 않겠지? 어차피 사기는 나나 이 오크들이 치는 건 아니잖

아? 다른 놈들이 치는 거고.'

살기를 풍기며 달려드는 수십 명의 적은 무섭지 않아도 사기죄로 체포하겠다면서 달려드는 정부 기관은 무서웠다. 수현은 잠깐 고민 후 결정을 내렸다.

"붉은돼지버섯. 붉은돼지버섯을 모아놔라."

"붉은돼지버섯? 그걸 인간들이 좋아하나?"

"지금은 안 좋아하지. 그렇지만 모아놔. 내가 장담하지만, 미리 모아놔서 손해 볼 일은 없을 거다. 모아서 건조시킨 후 잘 보관해놔. 최대한 많이."

"붉은돼지버섯이야 오래 가니 어렵지는 않지만……. 그 정도로 많이 필요한가?"

모고크는 수현이 무엇을 노리는지 알 수 없었기에 어리둥절할 뿐이었다.

"못 믿겠으면 하지 말고."

"아니……. 해보겠다. 그 정도는 할 수 있으니까."

"언제 출발할 건가?"

이정우는 멀리서 소리쳤다. 그들은 수현이 오크들과 이야기를 나누고 있는 동안 떨어진 곳에서 기다리고 있었다. 이정우의 목소리에서는 희미한 초조감이 느껴졌다. 다른 대원들은 몰라도 그는 지금 빨리 돌아가서 어떻게 된 일인지 확인하고 싶은 마음이 굴뚝같았다.

처음에야 몰랐지만, 나오고 나니 아무래도 이상했다. 엉클 조 컴퍼니 팀장이 그들을 구출하러 오다니. 무슨 일이 있었던 것인가?

"다 됐으니 출발하자고. 그러면……."

수현은 모고크의 어깨를 툭툭 쳤다. 이종족들에게 투자하는 건 언제나 미래를 보고 하는 일이었다. 지금 베푼 약간의 친절은 보답을 받지 못할 때도 있었지만, 성공하는 한 번의 경우가 모든 것을 만회했다.

"다시 만날 수 있으면 좋겠군."

"……."

"출발합시다!"

수현은 미련 없이 등을 돌렸다. 이제 남은 건 오크들이 알아서 할 일이었다. 그가 여기서 계속 강요해 봤자 달라지지는 않을 것이다.

"여기 기지가 있었어?"

"만들어진 지 별로 안 됐지."

샤이나는 신기한지 녹색 눈동자를 연신 깜박거렸다. 그들은 레드우드 숲 주변에 신설된 기지로 돌아온 상태였다.

"—————!"

"……?!"

기지 안에서 들려온 고함. 무슨 소리인지는 알 수 없었지만 그 고함에 샤이나는 깜짝 놀라 귀를 쫑긋거렸다.

"뭐야, 저거? 무슨 일이야?"

"아. 걱정 마. 현실을 깨닫고 저러는 거니까."

지긋지긋한 미궁을 헤맨 덕분에 머리가 굳어 있던 진돗개 1팀은, 레드우드 숲에 설치된 진돗개의 기지로 돌아오자 현실을 마주하게 되었다.

"아티팩트를……. 3개나?"

"어쩔 수 없었다고! 우리라고 좋아서 그 조건을 받아들였겠나? 우리 상황을 생각해봐! 자네 팀은 한 명도 빠짐없이 행방불명이 되었는데, 그 상황에서 어떻게 더 대원을 집어넣겠나!"

이정우는 돌아오자마자 머리를 망치로 얻어맞은 충격을 느껴야 했다. 그제야 수현의 그 친절한 태도가 이해가 갔다. 그 같아도 그렇게 친절해질 것이다. 몬스터와 한 번 안 싸우고 아티팩트 세 개를 날로 먹을 수 있다면!

"……."

의자에 앉아서 고개를 숙이고 아무 말 없이 침묵하는 이정우를 보자, 진돗개의 담당자도 미안한 마음이 들었다. 그를 책망하는 이정우 때문에 변명하듯이 말했지만, 지금 진돗개 1팀도 어려운 귀환을 한 것 아닌가.

원래라면 전원 무사 귀환한 1팀을 보고 뛸 듯이 기뻐했겠지만, 이정우한테 사정을 듣자 기뻐할 수가 없었다. 물론 그들 상황이 어쩔 수 없었고, 과거로 돌아간다고 하더라도 똑같은 선택을 하겠지만, 아티팩트 세 개를 바로 내주게 되었는데 속이 쓰리지 않을 수는 없었던 것이다.

"일단 전원이 귀환했다는 걸 다행으로 생각하세. 더 최악이었을 수도 있었지 않나."

"후……."

이정우는 입술을 깨물었다. 진돗개 입장에서야 온갖 최악의 상상을 했을 테니 1팀이 무사 귀환했다는 것만으로도 크게 한숨 돌리는 게 가능하겠지만, 제대로 된 위험과 만나지 않고 길만 헤매다가 돌아온 1팀 입장에게서는 도저히 받아들이기가 힘든 이야기였다.

"아티팩트는 정해진 상태입니까?"

"아니, 그럴 시간이 있었을 리가. 간단한 사항만 정립하고서 바로 출발했네. 아티팩트는 돌아오고 나서 정하기로 했지."

"계약을 파기하는 건……."

"무리야. 그쪽도 바보는 아니라고. 정부가 들어선 일인데 그런 일을 하고 뒷감당을 할 수 있겠나?"

"빌어먹을……."

"일단 만약을 모르니 귀환해서 건강부터 체크하세. 문제가 없으면 그때부터 다시 시작해도 되니까."

"몸 상태는 아주 빌어먹게 건강하니 걱정 안 하셔도 됩니다."

이정우와 진돗개의 사람들이 그런 대화를 나누고 있는 동안, 수현은 정부 측 기지에 들어가서 휴식을 취하고 있었다. 진돗개 1팀이 전원 무사 귀환했다는 소식을 들은 정부 측 관계자들은 황급히 움직였다.

"아. 감사합니다."

"곧 서중범 실장님이 도착하실 겁니다. 잠시 기다리고 계시면……."

"천천히 오셔도 됩니다. 어차피 이제 급할 것도 없잖습니까?"

"뭐 더 필요하신 거라도 있으십니까?"

"없네요. 필요하면 부를 테니, 나가서 일 보셔도 됩니다."

수현을 대하는 관계자들의 태도는 깍듯했다. 그들 입장에서는 진돗개가 얼마를 지불하든 간에, 진돗개 1팀이 무사 귀환하는 게 가장 중요했다.

그들은 이 레드우드 숲 주변의 균형이 깨지지만 않으면 그만이었던 것이다.

그런 상황에서 수현이 진돗개 1팀 전원을 데리고 왔으니 감사하지 않을 수가 없었다. 여기서 무례하게 대했다가 꼬투리라도 잡힌다면 나중에 덤터기를 쓸 수 있었다.

"뭐야…… 높은 사람이었어?"

"내가? 아냐, 상황이 특별해서 그렇지."

"……?"

"사람은 누구나 아쉬울 때면 태도가 저자세가 되잖아."

수현은 말과 함께 생각에 잠겼다. 이후의 뒤처리는 사실 그가 알 바가 아니었다. 정부 측은 진돗개 1팀이 돌아왔으니 기뻐하며 다시 레드우드 숲 주변을 원상복귀 시킬 것이다. 바보들이 아닌 이상 곧 상황은 원래대로 돌아갈 게 분명했다.

진돗개 회사 내부에서 일이 어떻게 굴러갈지는 짐작이 갔다. 처음에는 돌아왔다는 것에 기뻐하고, 그다음에는 상황을 듣고 허탈해하고 분노한다. 그리고 나서는 상황을 받아들일 것이다. 그들이 도망가지 못하게 그 귀찮은 계약 과정을 거친 것이다. 힘으로 무르려고 해도 무를 수가 없었다.

그가 지금 생각해야 할 건 아티팩트였다.

'속이 엄청 쓰리겠지.'

대놓고 계약을 파기하지는 못해도 잔 수작은 부릴 수 있었다. 민간 회사가 갖고 있는 아티팩트는 굳이 정보를 공개할 이유가 없었다. 진돗개 측도 분명 대외적으로 알리지 않은 아티팩트가 몇 개는 있을 것이다.

'그런 걸 얻어내는 건 역시 무리일 거고.'

수현도 그런 식으로 관리되는 아티팩트를 얻어낼 거라고는 생각하지 않고 있었다. 욕심을 과하게 부렸다가는 탈이 난다.

이미 그는 거의 날로 먹는 수준으로 아티팩트 세 개를 챙기게 된 상황. 더 욕심을 부렸다가는 진돗개도 가만히 있지 않을 것이다.

문제는 아예 쓰레기 같은 아티팩트로 리스트를 채울 경우였다. 진돗개 측에서 체면 몰수 하고 우긴다면 일이 골치 아파졌다.

'미리 말을 해둬야겠군.'

조승현에게 부탁해서 진돗개가 공개적으로 사용한 아티팩트에 대한 정보를 좀 얻어놓을 필요가 있을 것 같았다.

"괴물 같은 자식……!"

"만나자마자 하는 소리가 그겁니까?"

또 한 번의 일을 완벽하게 해결한 수현을, 조승현은 믿을 수 없다는 듯이 쳐다보았다. 상식이라는 게 수현에게는 전혀 먹히지 않는 것 같았다.

"여러모로 운이 좋았어요. 예상했던 대로 맞아떨어져서 쉽게 끝낸 거지, 아니었다면 골치 좀 아플 뻔했습니다. 아. 미리 말씀드렸던 건 구했습니까?"

"여기 있다. 그런데 진돗개 측에서 여기 있는 걸 순순히 내줄까?"

"억울하고 분하겠지만 주긴 줘야겠죠. 안 주고 버틴다고 해결될 문제가 아닌데."

수현은 빠르게 리스트를 훑어보았다. 아티팩트는 다양하고 종류가 많아서 고르라고 하면 바로 고르기 어려웠지만, 이번만큼은 아니었다. 수현은 이미 고를 아티팩트의 종류를 생각해 두고 있었다.

'무조건 화력이 있는 걸로 해야 해.'

카크리타 계곡에서의 일 처리와, 케바스와 지역에 혼자 들어가서 진돗개 1팀을 찾아 돌아온 것까지. 이미 수현은 충분한 명성을 쌓았다. 진돗개 1팀이야 부득부득 이를 갈고 있겠지만 다른 이들은 수현의 능력에 감탄하고 있을 것이다.

그렇지만 그건 어디까지나 정면 승부가 아닌, 카메론 행성의 허점을 찔러서 보여준 결과였다. 정부부터 시작해서 엉클 조 컴퍼니에 주목하고 있는 모든 이들은 내심 한 가지 의문을 품고 있을 것이다.

엉클 조 컴퍼니는 분명 뛰어난 능력을 갖고 있지만, 정면으로 승부할 힘도 갖고 있을까?

이제 그런 의문을 풀어줄 때가 됐다. 추가될 아티팩트와, 새로 영입한 초능력자. 이 정도면 정면 승부가 가능하다는 걸 보여줄 수 있었다.

'다음 임무는 토벌이다.'

특정 지역에 깔린 몬스터 처치. 그것만큼 힘을 보여주기 좋은 일도 없었다. 다음 일은 엉클 조 컴퍼니의 힘에 대한 노골적인 퍼포먼스가 될 것이다.

"그러면 간단하게 일 처리만 끝내고 슬슬 출발해 봅시다. 진돗개가 오래 기다리는 걸 좋아하지는 않을 테니까요."

"잠깐, 잠깐."

"……?"

"저 다크 엘프는 누군데?"

샤이나는 뚱한 표정으로 조승현과 수현을 쳐다보고 있었다. 아까부터 대화에 소외되고 있었던 것이다.

"아. 새로 데려온 인재예요. 능력 보고 팀에 넣을 겁니다. 자세한 설명은 나중에 따로 해드릴게요."

"다크 엘프잖아?"

"그게 뭐 어때서요?"

수현의 목소리에서 무언가를 느낀 조승현이 멈칫했다.

"괜찮은 거 맞지? 팀에 문제 생긴다거나……."

"제가 언제 안 괜찮은 일 하는 거 봤습니까?"

"……그래. 네가 괜찮다면 괜찮은 거겠지."

"생각보다 더 안 물으시네요?"

"결과로 보여주는 놈한테 계속 따져 봤자 뭐하겠냐."

수현은 피식 웃었다. 확실히 그를 지켜보는 사람들 입장에서는 놀라울 것이다. 한 번도 실패하지 않고 폭주하는 것처럼 달려가고 있었으니까.

"언제까지 기다려야 하는 거야?"

"다 끝났어. 그러면 초능력부터 보자고. 그전에……. 사장님. 조건 좀 설명해 주세요."

"아. 어. 그래."

오크라면 모를까, 다크 엘프는 조승현에게도 낯선 존재였다. 그는 살짝 당황한 태도로 서류를 꺼냈다. 다크 엘프인 것도 그렇지만, 큰 키인 샤이나가 똑바로 서서 무심한 표정으로 쳐다보자 압박감을 받을 수밖에 없었다.

번역 장치를 키고, 샤이나는 조건에 대해 읽기 시작했다. 수현이 한 건 거짓말이 아니었다. 그녀가 혼자 일하는 것보다는 훨씬 나은 조건이었다. 수현은 쐐기를 박기 위해 다가

가서 추가로 말했다.

"이건 우리가 최근에 올린 수익."

"……!!"

샤이나의 녹색 눈동자가 충격을 받은 것처럼 떨렸다.

"2팀을 따로 만들겠지만, 너 같은 초능력자를 2팀에 넣을 생각은 없어. 지금 들어오면 1팀에서 같이 활동한다. 물론, 능력부터 먼저 보여줘야겠지. 준비는 됐어?"

"물론!"

샤이나는 자신만만했다. 당장에라도 보여줄 수 있다는 듯이, 그녀는 손을 움켜쥐었다가 폈다.

"능력을 보여줄 준비가 됐다는 걸 보니, 제안이 마음에 들었나 보군."

"그러라고 보여준 거잖아?"

"그렇지."

샤이나와 수현은 서로 마주 보고 웃었다. 수현은 욕망이 뚜렷한 사람을 싫어하지 않았다. 욕망이 뚜렷하다는 건 그만큼 읽기 쉽다는 것이었으니까. 오히려 헷갈리는 건 욕망이 뚜렷하지 않은 사람이었다.

"그쪽이 괜찮다면, 들어가겠어."

본능적으로 느낌이 왔다. 지금이 기회라는 것을. 샤이나는 그렇게 생각했다. 그녀가 부족을 떠났을 때처럼, 인간들과 접촉해서 제2의 삶을 새로 시작했을 때처럼. 지금도 그와 같은 기회임이 분명했다.

"좋아. 그러면 밖으로 나가지."

수현은 엉클 조 컴퍼니의 대원들을 소집했다. 진돗개 1팀의 구출을 위해 떠났던 수현이 귀환하자 대원들은 기쁜 표정으로 달려왔다가, 새로 나타난 다크 엘프를 보고 어리둥절한 표정을 지었다.

"돌아오신 걸 축하드…… 누굽니까?"

"새로 들어올 대원이다."

수현은 말과 함께 대원들의 표정을 유심하게 살펴보았다. 조승현에게는 자신감 있게 말했지만, 그도 팀워크를 무시하지 않았다. 엉클 조 컴퍼니 같은 팀이 안에서부터 무너지면 정말 답이 없었다.

무작정 받아들이라고 하기보다는 다크 엘프를 꺼려 하는 놈을 찾아서 설득하는 게 나았다. 그렇기에 수현은 대원들의 반응에 주목했다. 이들 중에서 다크 엘프를 꺼려 하는 놈이 있을까?

"아. 그렇습니까?"

"……?"

대원들은 별다른 반응 없이 고개를 끄덕였다. 심지어 이런 일에서 가장 따질 법한 박수용도 수긍하고 있었다.

'뭐야. 왜 이렇게 반응이 없어?'

수현이 놓치고 있던 사실이 두 가지 있었다. 첫 번째 사실은 엉클 조 컴퍼니의 대원들이 지금은 용병이지만, 원래 대부분은 지구에서 일했던 군인이었다는 것이었다.

여기에서 다크 엘프에게 직접적인 원한이 있는 사람은 없었다.

두 번째 사실은, 대원들이 수현에게 갖고 있는 신뢰감이 수현의 생각보다 훨씬 더 대단하다는 것이었다.

이제까지 카메론 행성에 관해 수현이 결정한 일들은 한 번도 빗나간 적이 없었다. 수현은 거의 전지적인 수준으로 일을 이끌어온 것이다. 그런 그가 데리고 온 사람이니, 당연히 대원들은 수현이 확신이 있어서 데리고 온 것이라고 믿었다.

'팀장이 한 일이니 알아서 잘하겠지.'

'다크 엘프? 말이 많지 않았나? 뭐, 팀장이 데려온 사람이니 괜찮겠지.'

"……??"

뭔가 기분이 이상했지만 적대적인 반응은 나오지 않았으

니, 수현은 넘어갔다.

"고르간, 너는 어떻게 생각하지?"

"다크 엘프 말입니까? 별생각 없습니다만."

고르간이 있던 곳은 다크 엘프와 별다른 접촉이 없던 곳이었다. 대원들보다 더 무관심하면 무관심했지 관심이 있을 리 없었다.

"뭐야. 다들 좋은 사람들이잖아?"

"……능력이나 보자."

뭔가 김이 빠지는 기분이었다. 수현은 감정을 추스르고 그렇게 말했다. 샤이나는 한층 더 기분이 좋아진 표정으로 손을 들었다.

"이제 말해줘도 괜찮겠지? 무슨 초능력인지."

대부분의 초능력은 밖에서 보여줘도 괜찮은 능력이지만, 초능력의 종류가 다양한 만큼 예외도 있었다.

"보면 바로 알 거야."

말과 함께 샤이나는 자신의 발치를 가리켰다. 햇빛으로 인한 그녀의 그림자가 보였다. 순간, 그 그림자가 꿈틀거리더니 위로 솟구쳤다.

"그림자 조종……. 그 자체로 다루는 게 아니라, 소환하는 형식인가?"

"어? 전에 본 적 있어?"

"본 적 없어도 초능력은 대충 규칙이 있지. 다룰 수 있는 그림자는 자신의 그림자뿐인가?"

"응."

샤이나의 그림자는 사라져 있었고, 대신 검은 네발짐승이 그녀의 주변을 맴돌고 있었다. 그림자를 사용해서 가상의 환수를 만드는 초능력. 생각보다 괜찮은 초능력이었다.

강력한 화력은 없을지 몰라도 꾸준히, 지속적으로 전투가 가능한 초능력이었고 거기에 범용성이 좋았다. 혼자서 돌아다니는 샤이나에게 이런 초능력은 상성이 좋았을 것이다.

"어때?"

"괜찮은 능력이야. 잘됐군."

수현의 대답에 샤이나는 안도의 한숨을 내쉬었다. 기껏 결정을 내렸는데 그녀의 초능력이 마음에 안 든다고 쫓겨나는 것만큼 어이없는 일도 없었던 것이다. 수현은 샤이나의 손을 잡고 악수했다.

"엉클 조 컴퍼니에 들어온 걸 환영해."

"혼자 가도 괜찮겠냐?"

"가서 아티팩트 받아오는 일에 사장님이 직접 가면 좀 그렇죠. 크기 차이가 나더라도 그렇게 약한 모습 보일 필요 없습니다. 사장님 가신다고 못 받을 아티팩트 받을 수 있는 것도 아니고. 그리고 혼자 갈 생각은 아닙니다. 한 명 데리고 갈 거예요."

"누구?"

"원래라면 이소희 씨에게 부탁하려고 했었는데, 김창식을 데리고 갈 생각입니다."

"창식이를?"

"이소희 씨는 가족 관계가 있잖습니까. 게다가 김창식은 초능력자고요."

"아……."

"아티팩트를 고르러 가는 일이니 초능력자를 데리고 가는 게 낫습니다. 그러면 다녀오도록 하죠."

샤이나를 데리고 가는 것도 방법 중 하나였지만, 안 그래도 눈총받으면서 아티팩트 가져오는 상황에서 다크 엘프를 용병 회사 안으로 데리고 가는 건 현명한 일이 아니었다.

"안에서 총 맞는 건 아니겠지……?"

"무슨 헛소리를 하는 거야?"

운전대를 잡은 김창식이 중얼거리자 수현이 헛소리하지 말라는 투로 그에게 타박을 주었다. 김창식의 얼굴에는 긴장이 가득했다.

"아니, 아티팩트를 가지러 가는 거잖습니까."

"혹시 몰라서 정부 관계자도 자리에 불렀으니 그런 걱정은 할 필요도 없어. 여기가 무슨 미개척지인 줄 알아?"

김창식에게 타박을 주기는 했지만, 확실히 그의 걱정은 일리가 있는 걱정이었다. 아티팩트를 주면서 기분 좋을 회사는 하나도 없었다. 주게 된 원인이 어처구니없을 실수였을 경우에는 더더욱.

적을 만드는 걸 두려워하지는 않았지만, 그렇다고 적을 마구 만들어내서 좋을 건 없었다.

덕분에 수현은 한 가지 생각을 하고 있었다. 이익은 이익대로 얻어내고 생색을 낼 수 있는 방법은 없을까.

'아티팩트를 하나 포기하고……. 강인규를 데려올까?'

저주술사 강인규.

사실 수현의 팀을 봤을 때, 아티팩트가 많아 봤자 사용하기가 곤란했다. 아티팩트는 일반인이 사용하면 체력 소모가 빠른 것이다. 아티팩트보다는 초능력자가 더 필요한 상황이었다.

그런 의미에서 아티팩트 하나를 포기하고 초능력자를 데

리고 온다면 이익은 이익대로 남고, 진돗개 팀에게는 한 걸음 양보해 줬다는 이미지를 심어줄 수 있었다.

문제는 강인규를 초능력자로 만들 수 있냐, 없냐였다. 개인의 초능력자 각성은 완전히 불규칙했고, 수현이 통제할 수 있는 게 아니었다. 기껏 데리고 왔는데 초능력자로 각성하지 못한다면 곤란했다.

'강인규가 어떻게 각성했는지 알고 있었다면 일이 좀 더 쉬웠을 텐데 말이지.'

조건을 안다면, 그 조건을 다시 비슷하게 맞춰서 각성을 시킬 수 있었을 텐데. 하지만 수현은 강인규가 어떻게 각성했는지는 알지 못했다.

수현은 눈을 감고 생각에 잠겼다. 강인규의 행적을 따라가 보기 시작한 것이다. 그러던 수현은 한 가지 사실을 깨달을 수 있었다.

'잠깐만.'

생각해 보니, 레드우드 숲에서 있었던 전투가 마음에 걸렸다. 그때는 아무렇지도 않게 수현이 처리했지만, 원래대로였다면?

'엉클 조 컴퍼니가 없었어도 진돗개가 하는 걸 보면 언젠가는 레드우드 숲에 진출했을 거고, 그러면 그 숲에서 단독으로 중국군 특수부대와 붙나?'

만약 수현이 없었다면, 진돗개 1팀이 그 자리에 있었어도 전멸하거나 괴멸적인 피해를 입었을 것이다. 그 자리에 강인규도 있었을 것이고.

'이건가?!'

동료들의 죽음. 초능력의 각성 조건이야 완전 랜덤이었지만 강한 정신적 충격이나 위기를 겪는 것으로 각성하는 이들의 사례는 종종 있었다. 게다가 강인규가 훗날 어떤 성격으로 변하고 어떤 이름으로 불리는지 생각해 본다면, 이 일로 충격을 받았을 가능성에 더욱 무게가 실렸다.

'우리가 안 찾았을 테니 레드우드 숲 발견을 약간 늦추고, 거기에서 각성을 했다고 치면……. 시간상 틀린 점은 없다.'

"도착했습니다."

"어? 그래. 내리자고."

수현은 생각을 멈추고 차에서 내렸다. 앞에는 하늘을 찌를 듯이 높게 솟은 진돗개의 빌딩이 보였다.

강인규의 각성에 대한 설득력 있는 가설이 하나 떠오르기는 했지만, 그렇다고 해서 이걸 믿고 베팅을 하는 건 전혀 다른 문제였다.

'게다가 동료가 죽은 걸 보고 충격을 받아서 각성을 한 거면, 그 조건을 어떻게 맞춰주지?'

머릿속이 복잡했다. 수현은 고개를 흔들어서 상념을 떨쳐

냈다. 일단 가장 중요한 아티팩트에 집중해야 했다. 강인규는 아티팩트의 리스트를 보고서 결정해도 되는 일이었다.

"어떻습니까?"

"괜찮은데요? 이 정도면⋯⋯."

담당으로 온 최현민이 작게 속삭이는 목소리로 물었다. 그는 이번 아티팩트 증여에 대한 증인으로 여기에 서 있었던 것이다. 수현의 말을 듣자 그는 안도의 한숨을 내쉬었다. 문제가 생기지 않아서 정말 다행이었다.

오기 전에 걱정한 것과 달리, 진돗개가 공개한 아티팩트 리스트는 엉망과는 거리가 멀었다. 최상층으로 안내된 수현과 김창식은 엄중한 보안 속에 관리되고 있는 아티팩트들을 하나하나 볼 수 있었다.

'물론 정말 중요한 건 빼돌렸겠지만, 이건 좀 의외인데. 문제를 만들지 않겠다는 건가? 하긴⋯⋯.'

여기서 억지 부려봤자 공개된 정보를 통해 엉클 조 컴퍼니가 일을 키우면 진돗개는 어디까지나 불리할 수밖에 없었다.

"그보다 오랜만에 뵙는 것 같습니다."

"아, 예⋯⋯."

"요즘 잘 지내시죠?"

"아, 예……."

진돗개 2팀 팀장, 최재호는 세상에서 가장 어색한 얼굴로 수현을 대하고 있었다. 1팀 팀장인 이정우는 수현에게 당했다는 충격 때문에 그들을 안내해 주는 것을 거부했다. 1팀 팀장이 피곤과 휴식을 핑계로 빠진 이상 2팀 팀장인 그가 나서는 건 필연이었다.

그렇지만 그들은 처음 만나는 게 아니었다. 사실, 그렇게 오래전도 아니었다. 캘커타 고릴라 사냥 작전을 위해 모였을 때, 최재호는 수현을 세상 물정 모르는 신인으로 보고 접근했던 것이다.

'이건 말도 안 돼……!'

치유 능력자인 걸 알고 스카우트하려다가 대화하고 나서 포기한 최재호였다. 회사에는 수현이 능력이 있긴 하지만 지나치게 식견이 좁고 과대망상에 빠진 놈 같다고 악평을 늘어놓았었다.

그러나 수현은 무서울 정도로 빠르게 올라왔다. 현재 주변에서 엉클 조 컴퍼니의 능력에 대해 의문을 품는 사람은 있어도, 능력 자체를 부정하는 사람은 없었다.

게다가 지금 수현에게 제대로 속은 건 그의 회사였다. 그러니 최재호가 어색한 얼굴을 하고 있는 건 당연했다.

"이건 원래 창 같은데. 잘라낸 겁니까?"

"그, 그렇죠."

"확실히 창으로 쓰지는 않을 테니……."

아티팩트는 대부분 물건의 형태를 띠고 있었다. 그렇지만 그 전체가 필요한 건 아니었다. 초능력을 갖고 있는 건 핵뿐이었고 나머지는 장식에 불과했다. 창의 일부를 잘라낸다고 하더라도 문제는 없었다.

'락 스피어. 괜찮은 능력이다.'

암석으로 창을 만들어내서 쏘아내는 초능력. 일단 한 개는 정해졌다. 언제나 무난하게 쓸 수 있는 초능력은 좋은 초능력이었다.

"……?"

"왜 그러십니까?"

"아, 아니……. 거기 있는 걸 관심을 보일 줄은 몰랐습니다."

수현이 관심을 가지고 쳐다본 건 반지였다. 혼동의 초능력을 가진 반지. 상대방의 정신을 흐트러뜨리는 혼동은 좋은 초능력이긴 했지만, 지금 엉클 조 컴퍼니가 그런 초능력에 관심을 가질 줄은 몰랐던 것이다.

최재호가 계속 수현에게 당하기는 했지만, 그도 나름 식견이 있는 사람이었다. 엉클 조 컴퍼니 같은 초능력자가 부족한 팀이 무슨 아티팩트를 원할지는 일목요연했다.

화력이 되는 아티팩트.

그런 면에서 혼돈은 쓸 만하기는 했지만 화력적인 면에서는 부족함이 많았다.

"아. 좀 화력이 되는 걸 고를 줄 아셨구나. 괜찮습니다. 저희도 지금 꾸준하게 초능력자를 모으고 있거든요."

"그렇습니까?"

'초능력자가 무슨 돌멩이인 줄 아나?'

"여기 김창식 대원만 해도 얼마 전에 초능력자로 각성을 했습니다."

"……?!"

두 남자가 동시에 놀랐다. 최재호는 김창식이 각성했다는 사실에 놀랐지만…….

'그 헛웃음 나오는 초능력을 왜?!'

김창식은 그의 초능력이 최재호 같은 초능력자 앞에서 보여줬다가는 망신 사기 딱 좋다는 걸 알고 있었다. 그는 물기서린 눈빛으로 수현을 간절하게 쳐다보았다.

19장
준비(2)

그러나 수현은 태연했다. 그는 김창식이 보낸 눈빛에 눈빛으로 답했다.

　'보여줘라.'

　'이 초능력을 진짜로 보여주라고요?!'

　김창식은 이해가 가지 않았다. 수현이나 그나 그의 초능력이 애매하다는 건 동의하고 있지 않았냐. 최재호 같은 진짜 초능력자 앞에서 그의 초능력을 보여주는 건, 일부러 망신을 당하려는 게 아니라면 납득이 가지 않는 짓이었다.

　'내가 뭘 잘못이라도 했냐!'

　"각성을 했다고요?"

　"네. 운이 좋았죠."

'그게 운이 좋다고 되는 일이냐?'

따지고 싶었지만 최재호는 참을성이 강한 남자였다. 따지는 대신 입을 다물고 수현의 다음 말을 기다렸다.

"무슨 초능력인지 물어봐도 되겠습니까?"

"진돗개와 일을 같이 한 정이 있는데, 그 정도야 당연히 물어보셔도 되죠. 말보다 보는 게 이해하시기 쉬울 겁니다. 최재호 팀장님과 비슷한 초능력이거든요."

'화염 계열이군.'

"여기서 써도 됩니까? 각성한 지 얼마 안 되었다면 통제가……."

없던 능력을 깨달았는데 그게 바로 완벽하게 통제가 된다면 그게 더 놀라운 일이었다. 초능력자는 각성을 하더라도 그걸 완벽하게 다루려면 어느 정도의 시간이 필요했다.

"아뇨. 이미 완벽하게 습득했습니다. 만약 실수라도 하면 제가 책임지겠습니다."

아티팩트 보관실은 보안뿐만이 아니라, 내구성으로도 뛰어난 곳이었다. 어지간한 초능력을 쓴다고 하더라도 이 안의 구조에는 흠집도 가지 않았다.

중요한 건 아티팩트였다. 아티팩트의 내구성이 무슨 유리컵처럼 약한 건 아니었지만, 가치를 생각한다면 함부로 행동할 수는 없었다.

"아니, 아니……. 그래도, 바깥에서 보여주시는 게 나을 것 같습니다."

"그래요? 그러면 밖에서 보여드리겠습니다. 이번 일이 끝나고 나서요."

수현은 못 이기는 척 최재호의 제안을 받아들였다. 이렇게 대화를 하는 건 이유가 있었다. 최재호를 속이기 위해서였다. 설마 이런 대화를 하고 나서 밖에서 보여준 초능력이 가짜 초능력이라고는 생각하지 못할 테니까.

"그렇다면 혼동의 반지를?"

"예. 이건 꼭 가지고 싶군요."

수현이 고르겠다는데 거절할 이유는 없었다. 최재호는 속으로 안도의 한숨을 내쉬었다.

락 스피어 초능력을 가진 암석창과, 혼동의 반지. 수현이 선택을 바꿀 수는 있겠지만 일단 두 개는 정해진 것 같았다. 그가 관심을 보이는 모습을 보면 대충 답이 나왔다.

이대로 무난하게 끝이 난다면, 회사 입장에서 속이야 쓰리겠지만 마무리는 지을 수 있었다.

'빨리 세 번째나 골라라.'

"흠. 팀장님, 그런데……."

"예?"

갑자기 수현이 말을 걸자 최재호는 놀라서 살짝 말을 더듬었다. 그의 입장에서 찔리는 게 있었기 때문이었다.

'눈치챈 건 아니겠지?'

여기 있는 아티팩트는 진돗개 측이 가진 전부가 아니었다. 대형 회사들은 대부분 정말 귀중한 아티팩트를 획득하면 그 정보 공개조차도 꺼렸다.

설마 이들이 눈치챌 방법은 없을 거라고 생각하고 있었지만, 그래도 조심스러운 건 사실이었다.

"제안이 하나 있습니다만."

"……?"

"아티팩트를 하나 포기한다고요……?"

"포기가 아니라, 양보하는 거죠. 사실, 아티팩트 세 개는 조금 너무 나간 감이 없잖아 있잖습니까?"

'알긴 아는군.'

최재호는 속으로 그렇게 중얼거리며 수현의 표정을 쳐다보았다. 이 젊은 놈이 무슨 생각을 하는 건지 알 수가 없었다. 분명 그가 하는 말이 일리가 있는 말이었지만, 지금 우위에 있는 건 엉클 조 컴퍼니였다. 굳이 양보를 할 필요가 없는 것이다.

"아마 왜 양보를 하나 궁금해하고 있으실 겁니다."

"……!"

"말을 아꼈다가 괜한 오해를 사고 싶지는 않으니, 말씀드리죠. 저희는 진돗개와 친하게 지내고 싶습니다."

"……?"

"결국 여기서 혼자 일하기는 힘들지 않겠습니까? 필요할 때는 도움도 받아야죠. 저번의 캘커타 고릴라를 사냥할 때 다른 팀을 모았던 것처럼 말입니다. 특히 저희 같은 회사는 그런 도움이 더 절실합니다."

"음……."

최재호는 그제야 수현이 무슨 의도로 말을 꺼낸 건지 이해가 갔다. 확실히 이렇게 거래가 끝나면 앞으로 진돗개는 엉클 조 컴퍼니와 좋은 관계를 맺을 가능성이 거의 없었다.

"그런데, 그럴 거면 처음부터 그냥 공식적으로 말을 했으면 되는 거 아닙니까?"

"그렇죠. 이렇게 따로 말씀드린 건 최재호 팀장님께 부탁드리기 위해서입니다."

"……?"

"진돗개 측에는 팀장님의 설득으로 저희가 아티팩트 하나를 포기했다고 하시죠. 대신 팀장님께서는 앞으로 있을 일에서 저희를 조금 도와주셨으면 좋겠습니다."

"······?!"

아무 생각 없이 듣던 최재호는 깜짝 놀랐다. 이게 무슨 생각지도 못한 제안이란 말인가.

"무슨, 뇌물도 아니고······."

"뇌물이라뇨. 저희가 뭐 최재호 팀장님께 따로 드리는 게 있습니까? 그냥 결과는 똑같습니다. 이 결과가 누구의 공이냐만 달라지는 건데, 그건 우리한테 별 차이가 없잖습니까. 그렇다면 저희에게 좋은 감정을 가진 사람을 한 명 만들어 놓는 게 좋겠죠."

"으음······."

수현의 제안은 최재호의 허점을 정확하게 찔렀다. 수현은 이미 최재호라는 인간을 파악하고 있었던 것이다.

진돗개 2팀이라는 자리에 자부심을 갖고 있지만, 동시에 1팀의 팀장에게 열등감을 갖고 있는 남자. 그런 남자에게 이번 일은 절대로 물러서기 힘든 미끼였다.

애초에 이번 일은 진돗개 1팀의 실수로 시작된 일이었다. 진돗개 1팀이 전원 실종되지 않았다면 진돗개는 이런 자충수를 두지 않았을 테니까. 그런 일을 최재호가 어떻게든 설득과 교섭으로 피해를 수습한다면?

그의 평가는 1팀 팀장 이정우와 달리 올라갈 것이다.

"조금 도와준다는 게 마음에 걸리는데, 그게 무슨 뜻인지 궁금합니다."

'넘어왔군.'

관심이 없는 사람은 저렇게 묻지도 않았다. 수현은 웃음이 나오려는 걸 참으며 대답했다.

"아. 별거 아닙니다. 언젠가 진돗개와 같이 공동 작전을 펼치게 될 일이 있을 거 아닙니까? 만약 그때 내부에서 감정적으로 반대하는 사람이 나온다면 팀장님께서 논리적으로 설득해 주시면 됩니다. 그 정도 도움을 말하는 겁니다."

최재호의 머릿속은 바쁘게 돌아갔다. 그의 마음은 벌써 반쯤 넘어온 상태였다. 증거도 남지 않고, 위험부담은 없지만 얻는 건 많은 거래. 이런 거래를 거절할 이유가 없었다.

비밀리에 한다는 게 마음에 걸렸지만, 그는 스스로를 설득했다.

'이건 아무에게도 피해가 가는 게 아니잖아?'

"아. 그렇지만 아티팩트 하나를 포기하는 대신 다른 걸 받고 싶습니다."

"뭐라고요?"

"아티팩트 하나를 그냥 포기할 수는 없잖습니까? 저희 입장도 그렇지만, 그냥 포기하면 진돗개 측에서도 수상하게 여기지 않겠습니까."

설득으로 아티팩트 하나를 그냥 포기해 버린다는 건 최재호가 생각해도 조금 말이 안 되기는 했다. 그는 살짝 김이 샌 목소리로 물었다.

"뭘 받고 싶으십니까?"

"저희 입장에서 뭐가 아쉬운지 뻔히 아시면서. 대원입니다."

"초능력자를?!"

최재호는 무심코 소리를 높였다.

"설마 초능력자를 달라고 하겠습니까? 어떻게 보면 아티팩트보다 더 가치가 있을 텐데……."

"아, 죄송합니다."

최재호는 당황한 스스로를 책망하며 감정을 수습했다. 아티팩트를 포기하는 대신에 받아갈 대원이었기에 바로 초능력자가 떠오른 것이다.

"그러면 어떤 대원을 말하시는 겁니까?"

"그냥 일반, 비 초능력자 대원으로 충분합니다. 저번에 봤을 때 진돗개 10팀의 대원들도 괜찮던데, 그중에서 데려가고 싶네요."

아티팩트 대신 일반인 대원. 아무리 생각해도 남는 장사였다. 그러나…….

'여기서 거기로 갈 놈이 있을 리가…….'

아티팩트와 달리 대원들은 살아 있는 생물이었다. 멋대로 주고받을 수가 없었던 것이다. 그들의 의사를 물어봐야 했다. 그리고 그들이 엉클 조 컴퍼니로 가겠다고 할 확률은 희박했다.

"으……."

"무리입니까?"

"아, 아니. 무리는 아니지만, 일단 시간을 조금 주실 수 있겠습니까? 아티팩트 대신 대원들을 가져가는 게 확실하다면……."

"10팀이 아니면 안 됩니다."

"……?!"

"팀장님, 제가 아무리 진돗개와 친하게 지내려고 한다지만, 아티팩트 대신 만나본 적도 없는 대원들을 받을 생각은 없습니다. 이상한 짓은 하지 말아주시죠. 저는 언제라도 거래를 원래대로 돌릴 수 있습니다."

"……!"

잊고 있었다. 지금 거래의 주도권은 수현에게 있었다는 것을. 일단 시간을 번 다음 새로 대원들을 충원해 넘기려는 방법을 고민했던 최재호는 속마음을 들키고 얼굴을 붉혔다.

확실히 엉클 조 컴퍼니는 일이 틀어지면 관계가 악화될 걸 각오하고 아티팩트를 받아가면 됐다. 당장 손해 보는 건 진돗개뿐이었다.

"그렇다면 대원들은……. 힘들 것 같습니다."

"예? 정말로요?"

아쉬워 죽겠다는 표정으로 최재호가 천천히 말하자, 수현은 생각지도 못했다는 듯이 반문했다.

"저야 정말 괜찮은 제안이라고 생각합니다만……. 아무래도 대원들이……."

"아. 그렇군요. 그러면 어쩔 수 없나……. 아, 이건 어떻습니까? 올 의사가 있는 사람만 데려오는 겁니다."

"어……. 그럴 사람이 있겠습니까?"

"안 나오면 어쩔 수 없지요……. 아까 말씀드렸습니다만, 그게 저희 측의 가장 이상적인 상황입니다. 10팀이라도 진돗개의 대원. 저희는 확실한 대원을 받아서 전력을 확충하고, 진돗개와의 사이도 무난하게 조율하려고 했는데……. 이게 안 된다면 그냥 알기 쉽게 아티팩트를 하나 더 받겠습니다."

순간, 최재호의 머릿속에 계획 하나가 번쩍였다. 잘만 풀리면 전에 수현에게 당했던 굴욕도 풀고, 이번 거래도 해결할 수 있는 계획이.

"한 명, 한 명은 어떻습니까?"

"예? 한 명은 좀……."

"숫자가 중요한 건 아니잖습니까. 게다가 우리는 대원들을 약하게 키우지 않습니다. 한 명이라도 절대로 약한 전력은 아니라고 보증합니다."

"저희가 본 적 있는 대원은 맞죠? 본 적 없는 대원은 넣고 싶지 않습니다."

"그건 걱정하지 않으셔도 됩니다. 10팀 소속입니다."

"그래요? 그래도 한 명은 좀……."

"엉클 조 컴퍼니의 주목적은 관계 회복이잖습니까? 그렇다면 대원의 숫자는 어떻게든 양보를……. 허락해 주신다면 제가 확실하게 관계를 회복시켜 드리겠습니다."

엉클 조 컴퍼니가 진돗개와의 관계 회복을 원하고 있었기에 가능한 협상이었다. 수현은 잠깐 시간을 끌고 말했다.

"그러면……."

최재호는 침을 꿀꺽 삼켰다.

"누군지부터 보고 결정하겠습니다."

'됐다!'

강인규는 얼떨떨한 표정으로 끌려와 있었다. 오랜만에 휴가를 취하고 있는 그에게 나타난 건 2팀의 팀장이었다. 그에게는 하늘같이 높은 사람이 직접 말을 걸자 그는 당황해서 쪼그라들었다.

그 이후로는 최재호의 주특기였다. 만만한 놈 혓바닥으로 구슬리기. 화려한 회유와 협박이 곁들어지자 강인규는 얼마 가지 못하고 고개를 끄덕이고 말았다.

"정신 똑바로 차려. 앞에서 어리바리한 모습 보이면 안 돼!"

"예, 예!"

이정우와 달리 최재호는 하위 팀의 대원들에게도 신경을 쓰고 있었다. 수현은 계속 몰아붙이면 최재호가 결국 강인규를 떠올릴 것이라고 예상했고, 그 예상은 정확히 들어맞았다.

"본 적 있으시죠?"

"예. 그런데……."

"10팀에서도 촉망받는 루키입니다. 그렇지만 저희는 지금 다 인원이 차있는 상태고, 올라가려면 시간이 걸리죠. 이 친구는 기회만 있다면 어디에서든지 일할 수 있다고 했습니다."

"저랑 비슷하네요?"

"정말 그렇군요. 하하하!"

최재호는 속으로 진땀을 흘렸다. 그가 생각해도 전력을 보충해달라고 한 요청에 강인규 한 명으로 넘어가려고 하는 건 욕심이 심했기 때문이었다. 현재 10팀에서 제일 적응을 못하고 헤매고 있는 게 그였다.

"진돗개와의 사이는 확실하게 조율해 주신다고 하셨죠?"

"물론입니다."

"좋습니다. 그러면 이 정도에서 양보하겠습니다."

'됐다!'

현재 회사의 관계자들 사이에서는 정신없이 정보가 돌고 있었다.

갑작스럽게 변경된 거래 때문에 최재호가 허락을 구한 것이다. 정신이 없긴 했지만, 최재호가 요청한 걸 거절하는 사람은 없었다. 누가 봐도 변경된 거래가 이익이었던 것이다.

"이야기 끝났으니 들어오셔도 됩니다."

거래 때문에 나가 있어야 했던 사람들이 안으로 들어왔다. 김창식과 최현민은 궁금한 표정이었다. 둘이 한참 떠드는 동안 그들은 다른 방에서 우두커니 기다리고 있어야 했던 것이다.

"어떻게 됐습니까?"

"잘 끝났습니다. 최종 확정안이니 읽어보시죠."

"······?"

최현민은 최종 확정안을 읽고 기묘한 표정으로 수현을 쳐다보았다. 상식적으로 이해가 가지 않았기 때문이었다.

그러나 수현은 매우 만족스러워 보였다.

"좋은 거래였습니다. 아. 괜찮으시다면 밖에서 저희 측 대원의 초능력을 한 번 봐주시겠습니까? 비슷한 능력자니 여러모로 조언을 들을 수 있을 것 같아서요."

지금 기분 같아서야 트레이닝도 시켜줄 수 있을 것 같았다. 최재호는 고개를 끄덕였다.

"정말 해야 됩니까?"

"해야 돼."

밖으로 걸어 나가면서, 다른 사람들이 안 듣는 사이를 틈타 김창식은 필사적으로 속삭였다.

망신당할 상황 앞에 선 그의 표정은 다양한 감정이 뒤섞여 있었다.

"잘 들어. 능력을 다 쓰지 말고, 적당히, 조절해서 화려하게만 보여줘. 방향은 무조건 사람들 있는 곳과는 반대로. 땅쪽으로 쏘지 말고 허공으로. 다 쓰고 나서는 휘청거리는 연기도 잊지 마라."

"......?"

김창식은 그제야 수현이 무언가 속셈이 있다는 걸 깨달았다. 그러지 않고서야 이렇게 세세하게 지시를 내릴 이유가 없었다.

"필요한 겁니까……?"

"그러면 내가 여기서 너 엿 먹이려고 그러겠냐?"

'그런 줄 알았는데.'

"뭐지? 그 표정은?"

"아무것도 아닙니다."

두 개의 검정 케이스. 안에 든 걸 생각한다면 겉모습이 지나치게 수수하게 느껴졌다. 수현은 걸어 나오면서 강인규를 쳐다보았다. 이쪽도 김창식 못지않게 표정이 우울해 보였다.

'최재호가 제대로 몰아붙였나 보군.'

최재호를 유도한 건 수현이었다. 적당히 몰아주면 최재호가 알아서 강인규를 보내줄 것이라고 예상한 것이다.

최재호는 상황에 따라서 방식을 다르게 쓰는 남자였고, 강인규 같은 초짜를 빠르게 설득해야 할 때는 꽤나 강압적인 방식을 썼을 게 분명했다.

'이놈을 잘 써먹을 수 있을까?'

수현은 아직 반신반의하고 있었다. 아티팩트 하나를 포기하고 강인규를 데리고 온 건 손해를 볼 각오를 하고 내린 결정이었다.

진돗개와의 관계를 회복한다는 게 겉의 목적이었지만, 사실 그건 그렇게까지 절박하지 않았다. 진돗개가 이를 간다고 해도 수현은 아랑곳하지 않고 잘 살아갈 자신이 있었다.

강인규를 선택한 건 크게 얻고 싶은 욕심 때문이었다. 실패하더라도 직접적으로 손해 보는 건 없었으니까.

'도박은 이럴 때 해둬야지.'

일단 어떻게 각성시키는지 심증은 있었으니, 차례대로 해볼 생각이었다. 강인규를 데려오기 전 수현이 가장 많이 한 고민은 이것이었다.

어떻게 하면 강렬한 비극을 가상으로 경험하게 할 수 있을까?

먼저 혼동의 반지가 있었다. 혼동의 반지는 대형 몬스터를 상대할 때 쓰기 위해서 가져온 것이었지만, 그 성능 덕분에 다양하게 사용이 가능했다.

'그렇지만……. 역시 확신은 안 서는데.'

혼동이라는 초능력이 어떻게 작동되는지 알고 있는 수현이었기에 확신하기가 힘들었다. 혼동은 타깃의 판단력과 사고를 강하게 떨어뜨리는 초능력이었다.

자체로는 비극을 만들어줄 수 없었다. 비극은 따로 경험시키거나, 암시를 해줘야 했다.

어차피 시간은 많았다. 한 번에 되지 않더라도 수현은 꾸준히 여러 가지를 해볼 생각이었다. 언젠가 초능력자가 된다는 확신이 있었기에 가능한 계획이었다. 수현은 가축을 기르는 농장 주인 같은 눈빛으로 강인규를 따스하게 쳐다보았다.

"……?!"

강인규는 정체를 알 수 없는 오한이 들어 주변을 두리번거렸다.

"여기서 해보시죠."

"감사합니다. 자. 보여드려."

널찍한 공터에서 김창식이 자리를 잡자, 수현은 다른 이들은 이끌고 뒤로 물러서게 했다. 만약을 대비해서 공간은 넉넉하게 잡아두는 게 좋았다. 눈치 빠른 사람도 이 정도라면 바로 알아채지 못할 것이다.

"범위가 어느 정도길래?"

"그렇게 넓은 편은 아닙니다만, 언제나 조심하는 게 좋지 않겠습니까?"

"역시 그렇겠죠?"

최재호는 기분이 좋아서인지 굳이 수현의 말에 반박할 필요성을 느끼지 못했다. 오늘 그가 해낸 것으로, 그의 위치가 어느 정도 올라갈지 생각하니 얄밉게 느껴지던 수현의 얼굴도 호감으로 변했다.

'각성한 지 얼마 안 됐고, 소문이 없는 걸 보면……. 별거 아닌가.'

최재호는 의자에 앉아 가볍게 하품을 했다. 그 자신도 초능력자고, 인재를 모으는 처지다 보니 뛰어난 초능력자는 언제나 관심이 갔다.

그렇지만 뛰어난 초능력자는 이렇게 보여주지 않아도 알아서 소문이 퍼졌다.

엉클 조 컴퍼니 같은 곳에서 뛰어난 초능력자가 나왔다면 수현의 치유 능력처럼 홍보를 했을 것이다. 아직까지 그의 귀에 들리지 않았다는 건, 그렇게 좋은 능력이 아닐 가능성이 높……

'?!?!?!?!'

하품을 하던 최재호의 입이 그대로 벌어졌다. 눈앞에 믿지 못할 광경이 벌어지고 있었다. 앞으로 뻗은, 김창식의 양손에서 강력한 화염 줄기가 솟구치고 있었던 것이다.

같은 화염을 다루는 초능력자로서 김창식의 초능력이 얼마나 강력한 건지 알 수 있었다. 원거리에서 정교하게 발화하는 형식은 아니었지만, 저 정도 위력이라면 그런 단점 정도는 바로 상쇄했다.

그도 모르는 사이, 최재호는 일어나 있었다. 가까이 다가가서 좀 더 제대로 보려는 순간, 화염 줄기가 끊겼다.

'그만.'

수현의 눈빛을 본 김창식이 바로 능력을 멈춘 것이다.

무난한 초능력을 예상했던 사람들이 충격을 받은 바로 그 순간 멈춰야 했다. 그 이상으로 가면 들킬 위험이 있었다.

'바로 지금.'

'으. 이렇게까지 해야 하나?'

미리 수현이 말한 대로, 김창식은 비틀거렸다. 누가 봐도 과도한 초능력 사용으로 인한 부작용으로 보였다.

"괜찮나!"

수현이 바로 달려 나가서 김창식을 부축했다. 얼굴이 화끈 거리는 걸 느낀 김창식이 고개를 숙였다.

"이런, 그러게 초능력을 그렇게 급하게 쓰지 말라고 했 잖아!"

"너무 뭐라고 하지 마시지요. 각성한 지 얼마 안 됐으면 당연한 거니⋯⋯."

수현이 연극을 하는지 모르는 최현민만 당황해서 수현을 말렸다.

"죄송합니다. 최재호 팀장님. 원래라면 어떻게 능력을 사 용해야 하는지 물어보려고 했었는데⋯⋯. 이렇게 한 번에 탈 진해 버리니. 물어보는 건 무리겠군요."

"아, 아닙니다."

최재호는 무의식적으로 침을 꿀꺽 삼켰다. 그만큼 방금 봤던 화염이 대단했던 것이다. 그런 걸 각성한 지 얼마 안 되는 초능력자가 바로 뽑아냈으니 탈진하는 것도 무리가 아니었다.

"요령 같은 걸 들어보고 싶었는데요. 국내에서 화염계 초능력 하면 최재호 팀장님을 뺄 수 없잖습니까."

'저걸 보고서도 요령을 물을 생각이 드냐?'

호랑이가 늑대에게 어떻게 싸우는지 방법을 묻는 셈 아닌가. 최재호는 어처구니가 없었다. 이런 보는 눈 없는 놈한테 저런 인재가 생기다니.

"알…… 아서 잘할 겁니다. 적응만 하면……. 원래 각성하고 나서 한동안은 조절하느라 힘들잖습니까."

"그렇다면 다행이군요."

이렇게 되자 김창식을 데리고 오지 못한 게 더더욱 아쉬웠다. 저 정도 초능력이라면 바로 한 자릿수 팀에 넣어서 전력으로 쓰는 게 가능할 정도였다.

'저놈은 운도 좋지…….'

수현이 이런 연극을 하는 데에는 이유가 있었다. 소문 때문이었다.

김창식의 초능력이 가짜라는 게 널리 알려지면 쓸 곳이 급격하게 줄어들었다. 그의 초능력을 활용하기 위해서는 잘못된 소문이 널리 퍼져야 했다. 엉클 조 컴퍼니의 김창식이 강력한 초능력자라는 소문이.

블러핑도 블러핑이지만, 강력한 초능력자를 갖고 있다는

건 그것만으로도 여러모로 쓸 곳이 많았다. 인재를 모집하는 것뿐만 아니라 불가능한 사냥을 성공시켰을 때 사람들을 납득시켜 주는 효과까지 있는 것이다.

그리고 수현은 그 소문을 널리 퍼뜨릴 적임자로 최재호를 선택했다. 타 팀의 초능력자에게도 관심이 많고, 적극적으로 행동하는 데다가 무엇보다 발언력이 있어서 보여만 준다면 알아서 소문을 퍼뜨릴 사람이었다.

'잘 부탁한다고.'

최재호는 여러모로 고마운 사람이었다. 수현은 속으로 감사의 마음을 표했다.

"지금부터 각자 훈련에 들어간다."

엉클 조 컴퍼니의 대원들은 굳은 표정으로 수현 앞에 서 있었다. 다음 임무로 엉클 조 컴퍼니의 위치를 확실하게 만들 생각이었지만, 그렇다고 해서 아무 준비도 없이 시작할 수는 없었다. 게다가 그런 임무도 쉽게 들어오지는 않았다.

최현민과 조승현에게 적당한 임무가 생기면 말해달라고 한 후, 수현은 대원들의 훈련에 집중했다. 계속해서 수현의 원맨팀으로 운영할 수는 없었다.

"초능력자인 김창식, 샤이나의 경우 아티팩트 사용에 집중해라. 만약의 순간 바로 아티팩트를 바꿔서 사용할 수 있어야 한다."

"……."

"초능력자가 아니라도 아티팩트 사용은 마찬가지다. 김창식처럼 정밀하게 컨트롤하지는 못하더라도 몇 번 써보고 감을 잡아놓도록. 초능력은 즉석에서 배울 만큼 만만한 능력이 아니다."

일반인도 체력 소모가 클 뿐이지, 아티팩트 자체는 사용 가능했다.

"그리고 넌……."

아직도 기가 죽어 있는 강인규였다. 수현이 쳐다보자 그는 화들짝 놀랐다.

"네?"

"달리기부터 하자."

"예?"

"뛰라고! 당장!"

수현의 외침에 강인규는 일단 허둥지둥 달리기 시작했다. 다른 대원들은 황당한 눈빛으로 그를 쳐다보았다.

"지금 신입 쳐다볼 여유가 있나? 아티팩트 몇 번 써보면 그런 생각은 바로 들어갈 텐데. 김창식. 번개 도끼는 완벽하게 익혔나?"

"예!"

"오. 진짜? 정말로 할 줄은 몰랐는데."

'이런 개…….'

수현이 돌아왔을 때 못하면 구박을 받을까 봐 다른 놈들은 쉬는 와중에도 열심히 번개 도끼를 휘둘렀던 김창식이었다. 그걸 수현이 정말로 할 줄은 몰랐다는 투로 말하자 혈압이 올랐다.

"혼동의 반지나 암석창은 일단은 내가 쓰다가 상황에 맞출 생각이지만, 번개 도끼까지 그럴 생각은 없다. 무슨 소리인지 알겠나?"

김창식의 초능력은 편하게 쓰기 힘든 초능력이었다. 그렇지만 초능력자는 초능력자. 그건 분명한 장점이었다.

"어……. 제게 맡겨주시는 겁니까?"

"그렇지. 번개 도끼는 네 주무기가 될 거다. 그 정도 컨트롤은 기본적으로 할 수 있어야 해."

빌딩 하나는 살 수 있는 물건을 믿고 맡겨주는데 감동을 받지 않을 사람은 없었다. 김창식은 방금 속으로 욕했던 게 거짓말이었던 것처럼 화가 사르르 풀려나가는 걸 느꼈다.

"그러면 시작해 볼까? 박수용 대원, 앞으로 나와서 창을 잡아라."

"우어어억—"

훈련장 한가운데에 널브러진 대원들이 보였다. 언제나 침착하게 굴던 이소희나 박수용도 식은땀을 흘리며 앉아 있을 정도였으니, 훈련의 강도는 말할 필요가 없었다.

'이렇게 몇 번 반복하면 대충 감은 익히겠군.'

멀쩡한 건 김창식과 샤이나였다. 둘은 초능력자였기에 아티팩트를 사용했을 때 체력 소모가 비교적 덜했다.

"혼동은 어떻게 사용하는지 알겠나?"

"예!"

"다시 한번 해줄까?"

"괜찮습니다!"

혼동의 반지는 수현이 갖고 사용할 생각이었지만, 만약의 상황에서는 김창식도 사용해야 했다. 김창식이 어떻게 쓰는지 물어보자 수현은 바로 그에게 혼동을 걸어버렸다.

뇌에 안개라도 낀 것처럼 흐리멍덩해지고 제대로 된 사고가 불가능해지는 경험. 유쾌한 경험은 아니었다.

"혼동은 상대의 저항력도 저항력이지만 지능도 관련이 크니, 사람 상대로 너무 공을 들일 필요는 없다. 몬스터는 그 정도까지 안 해도 걸리니까."

"저기, 저 인간은 언제까지 저렇게 내버려 둘 거야?"

"인규? 쟤는 일단 몸부터 만들어야 해."

엉클 조 컴퍼니의 대원들은 그래도 전원이 훈련받은 군인 출신이었다. 기본적인 체력과 전투력은 탄탄한 것이다.

그러나 강인규는 그것도 아니었다. 그러니 처음부터 다시 시작해야 했다.

'솔직히 진돗개 10팀에 들어간 것도 신기한데.'

"헉, 허헉……."

"저걸 어떻게 괴롭히지……."

"뭐?!"

수현이 중얼거린 걸 들은 샤이나가 식겁했다.

"아니, 정말로 괴롭힌다는 게 아니라. 충격 요법 같은 이야기야. 좀 강렬한 경험을 시켜주고 싶은데."

"그런 걸 왜 하는데?"

"다 이유가 있지."

수현의 말을 들은 샤이나가 이해가 가지 않는다는 듯이 그를 쳐다보았다. 그렇지만 일단은 그녀를 고용해준 사람. 고민을 한다면 도와주는 게 도리였다.

"배우들을 고용해서……. 아니. 이건 무리겠군. 끙. 따로 떨어뜨려 놓거나……."

"환각은 어때?"

"환각? 가상현실? 쟤가 아무리 멍청해도 그런 거에 속지는 않을 텐데."

"아니, 그런 거 말고. 진짜 환각."

"……?"

"인간들도 마약은 하잖아? 그런 거랑 비슷한 건데……."

"……방금 나한테 왜 저렇게 괴롭히냐고 물은 사람이 할 소리는 아닌데."

"마약 아니거든!"

샤이나는 발끈해서 외쳤다.

"마약이 아니라니……. 재밌는데. 뭘 말하는 거지?"

이종족들이 가진 정보는 언제나 흥미로운 정보였다. 샤이나의 말에 구미가 당긴 수현은 고개를 돌려 그녀를 쳐다보았다.

"우리들은 꽤나 다양한 식물들을 다루잖아?"

"그렇지."

엘프나 다크 엘프나 식물에 대해 박식한 건 마찬가지였다.

"그중에서 태워서 마시면 독특한 효과를 불러일으키는 풀도 있거든. 우리는 케시카라고 부르는데……. 아. 잠깐만. 이건 무리겠다."

"……?"

"미안해. 착각했어. 케시카는 태워서 연기를 마시면 강렬한 경험을 시켜주는 게 아니라, 끔찍한 환상을 보게 해주거든. 인간들이 굳이 그걸 사서 할 이유가 없지."

"……!"

샤이나는 별생각 없이 말했지만, 수현에게 있어서 그녀가 한 말은 그냥 넘길 수가 없는 말이었다. 수현은 샤이나의 어깨를 잡고 다급하게 물었다.

"다시 말해봐. 케시카? 그게 끔찍한 환상을 보여주는 게 확실해?"

"어, 어? 내가 다른 사람들한테 그걸 마시게 하는 것도 아닌데 왜 그렇게……."

수현의 반응을 다른 뜻으로 오해한 샤이나가 당황해서 손을 흔들었다. 인간들 사이에서 다크 엘프들의 이미지가 안 좋다 보니 수현이 오해한 게 아닌가 싶은 것이다.

"아니, 네가 그걸 아는 걸로 뭐라고 하는 게 아니야. 네 말이 사실이라면 내가 쓸 곳이 있어서 그래."

"……?"

샤이나는 고개를 갸웃거렸다. 케시카는 이제 다크 엘프들 사이에서도 잘 쓰지 않는 풀이었던 것이다.

예전에는 성인식 때 용기를 시험하는 용도로 쓰였지만 이제는 너무 구시대적인 전통이라는 평이 주였다. 그나마 부족의 예언자들이 점을 칠 때 쓰는 게 전부였다.

"혹시 지금 갖고 있는 게 있나?"

"없어. 그런 걸 왜 갖고 다니겠어."

아쉬웠지만 그녀의 말이 맞긴 했다. 수현은 바로 다음 질문으로 넘어갔다.

"그러면 어디에서 구하는지는?"

"내 고향에서는 구하기가 쉬운데, 그건 무리일 거고."

"먼가?"

"멀기도 멀지만, 거기 들어갔다가는 좋은 꼴 못 볼걸……."

샤이나는 말끝을 흐렸지만, 수현은 무슨 의미인지 바로 알아들을 수 있었다. 호전적인 다크 엘프는 처음 보는 게 아니었다. 그런 이들의 영역이라면 발을 디디는 순간 바로 공격을 받을 수 있었다.

"아. 에우터프 지역에서도 구할 수 있었을 거야."

"정말로?!"

"……아마?"

"왜 뒤에 아마를 붙여?"

"그야 내가 직접 확인한 게 아니니까 그렇지. 예전에 풀이 떨어지면 다른 사람들한테 에우터프 지역에 가서 구해오라고 했었으니까……. 아마 있지 않을까?"

확실히 설득력이 있었다. 수현은 고개를 끄덕였다.

"고맙다. 아주 도움이 됐어."

"그러면 다행이지만, 정말로 이게 도움이 되는 거야?"

샤이나는 수현이 왜 케시카에 관심을 가지는지 이해가 가지 않았다. 그녀에게 케시카는 쓸모없는 풀이었다. 태워서 마시면 끔찍한 환상을 보여주었지만 워낙 오래 걸리고 많이 마셔야 해서 전투용으로도 쓰기 애매했다.

"사고방식을 조금 더 유연하게 하라고. 세상에 쓸모가 없는 건 없어. 심지어 굴러다니는 돌멩이도 비싸게 파는 방법은 있으니까."

"어떻게?"

"이걸 들고 지구에 가서 카메론 행성에서 나온 영험한 돌멩이라고 하면 진짜로 팔리거든?"

"……."

샤이나는 질렸다는 표정을 지었다. 그녀는 이종족치고 카메론 행성에 진출한 인류와 교류를 많이 한 편이었기에 적응도가 높았지만, 그렇다고 인류의 시스템을 완전히 이해한 건 아니었다.

"어쨌든, 다크 엘프나 다른 이종족들 눈에는 쓸모없어 보여도 실제로는 쓸모 있을 때가 있다는 거야. 그러니까 뭔가 떠오른다 싶으면 바로 말하라고. 다른 종족들이 알고 있는 건 언제나 환영이니까."

"알겠어."

둘이 대화하는 동안 강인규는 땀투성이가 되어서 쓰러지기 직전이었다. 수현은 박수를 쳐서 그에게 멈추라고 신호했다.

"잘했다. 휴식!"

"헉, 허억……. 헉."

"박수용 대원. 강인규 좀 데리고 가서 영양제 먹인 다음 주사 좀 놔줘라. 내가 메뉴얼 만들어놨으니까 그대로만 하면 된다."

"알겠습니다."

육체 강화 수술 같은 반칙 수준의 기술이 아니더라도, 단련된 육체를 만드는 테크닉은 예전보다 훨씬 더 발전해 있었다. 그중에서도 수현의 메뉴얼은 수많은 피실험자의 결과로 만들어진 진짜였다.

'그나저나 의외로 근성이 있군.'

강인규의 훈련에서 수현은 의외의 사실을 깨달을 수 있었다. 그건 강인규가 생각보다 근성이 있다는 것이었다. 유약해 보이는 겉모습, 소심해 보이는 태도……. 이런 것 때문에 착각하기 쉬웠지만, 수현이 멈추라는 말을 하기 전까지 강인규는 죽을 것 같은 표정을 지으면서도 계속 뛰었다.

'하긴, 저주술사는 아무나 되는 게 아니지.'

큰 충격을 받고 변했다고 하지만, 사람은 근본적으로 그릇이 있었다. 별거 아닌 놈이었다면 큰 충격을 받아봤자 그대로였을 것이다.

"좋은 팀이야."

"……?"

샤이나가 작게 중얼거렸다. 수현이 무슨 뜻이냐는 듯이 샤이나를 쳐다보자, 그녀는 수현이 들을지 몰랐다는 표정으로 당황해서 대답했다.

"아니, 팀원들 사이에서 친하다는 게 느껴지잖아. 게다가 나를 보고서도 딱히 불만인 기색도 없고……. 그래서 그냥 좋은 팀이라고 말한 거야."

"칭찬을 하는데 왜 그렇게 당황해서 말해? 괜찮으니까 편하게 말해."

수현은 샤이나의 등을 툭툭 쳤다. 그녀가 다크 엘프로서 눈치를 보고 있다는 것은 처음부터 느끼고 있었다. 기껏 초능력자로서 영입을 했는데, 그렇게 눈치를 보면서 행동하게 할 생각은 없었다.

"앞으로 잘 지내자고. 같은 팀으로."

"……응!"

샤이나는 기분 좋은 표정으로 걸어갔다. 새로 같이 일하게 될 팀과 미래에 대한 긍정적인 기대로 가득한 표정이었다. 수현은 그 뒷모습을 보며 생각했다.

'다음 일은 지금 말 안 해주는 게 낫겠지?'

샤이나가 말한 것 덕분에 다음 임무의 장소는 정해졌다. 에우터프 지역. 장소를 에우터프 지역으로 한정짓는다면 자연스럽게 거기서 할 임무도 한정되었다.

게이트를 중심으로 러시아와 중국의 도시는 비교적 북쪽에 위치해 있었다. 그렇기에 그들의 진출 영역은 주로 북쪽이었다.

그에 비해 한국과 미국의 도시는 남쪽에 위치해 있었고, 진출 영역도 마찬가지로 남쪽이 주가 되었다. 캘커타 정글지대, 케바스와 지역, 아메스 평야, 에우터프 지역까지…….

모두 한국이나 미국 측 세력이 주로 돌아다니는 영역이었다.

그중 에우터프 지역은 다양한 집단들을 볼 수 있었다. 다른 곳에 비해 비교적 넓은 지역이었고, 가치가 무궁무진한 곳이었기에 여기에 진출해서 이익을 얻으려는 세력들은 많고 많았다.

당연히 한국 정부도 여기에서 적극적으로 이익을 만들기 위해 움직이고 있었고, 때문에 에우터프 지역에서 받으려고만 한다면 임무 자체는 적지 않게 나올 것이다.

그렇지만 중요한 건 임무를 받는 게 아니라, 어떤 임무를 받느냐였다. 수현은 이번 기회에 엉클 조 컴퍼니에 대한 신뢰감을 확실하게 만들어줄 생각이었다.

'그렇다면 역시⋯⋯.'

봤던 임무 리스트들을 떠올리며, 수현은 결정을 내렸다.

대원들을 굴리면서 아티팩트에 적응시킴과 동시에, 수현은 다음 임무를 계획했다. 개발계획국 측에 그가 생각한 일을 말하자, 예상대로 최현민은 기절할 듯이 놀랐다.

"암석 거인이요?"

"싫어하실 줄은 몰랐는데요."

암석 거인. 에우터프 지역은 평야, 구릉, 산악 지대가 다양하게 분포된 곳이었다. 암석 거인은 그 다양한 지형을 이용해 몸을 숨기며 돌아다니는 대형 몬스터였다. 문제는 놈이 단순히 몸을 숨기는 게 아니라, 그걸 이용해서 침입자들을 공격한다는 점이었다.

거인이라는 이름과 대형 몬스터라는 점에서 얼핏 보면 우둔한 몬스터를 연상시켰지만, 암석 거인은 몬스터 중에서도 손꼽힐 정도로 교활한 놈이었다. 물리 공격에 대한 압도적인 내성, 환경을 이용한 은신, 거기에 침입자를 향한 끈질긴 공격까지. 에우터프 지역에 깊숙이 들어가는 집단 중에서 암석 거인을 모르는 이들은 없었다.

"아닙니다, 김수현 팀장님. 저희는 기본적으로 하겠다는 팀을 말리지는 않습니다. 그럴 권한도 없으니까요. 다만……."

최현민은 망설이며 말을 이었다.

"이건 공식 의견이 아니라 제 의견입니다. 너무 급하신 게 아닌가 싶은데요……."

"그렇습니까?"

"네. 엉클 조 컴퍼니는 저희와 같이 일을 시작하고 나서 빠른 페이스로 일을 성공시켜왔습니다. 그것도 완벽할 정도로요. 보통 대형 회사의 팀도 그 정도 페이스로 성공시키는 건 드물거든요."

수현이야 아직 성에 차지 않았지만, 개발계획국 내에서 엉클 조 컴퍼니에 대한 평가는 높았다. 정면승부를 할 힘은 아직 확신하지 못해도 팀 자체의 능력은 고평가 받고 있었던 것이다. 한 일들이 있으니 당연했다.

최현민은 엉클 조 컴퍼니가 천천히 성장하기를 바랐다. 그가 봤을 때 수현이 이끄는 팀은 어설프게 끝날 팀이 아니었다. 이런 인물은 어떻게든 올라오기 마련이었다.

다만 그런 인물도 아차 하면 죽는 곳이 카메론 행성이었다. 욕심을 부리다가 갑작스럽게 사고를 당하는 것보다, 천천히 세력을 키워서 정부가 가진 비장의 카드가 되어줬으면 하는 게 그의 바람이었다. 이건 개발계획국 내의 다른 사람들도 마찬가지 의견을 갖고 있었다.

"확실히 암석 거인이 상대하기 까다로운 놈이긴 하죠."

"상대하기 까다롭……. 네. 그걸 '까다롭다'라고 표현할 수 있는지는 모르지만……."

"그렇지만 최현민 과장님. 한 가지는 알아주셨으면 합니다. 저는 무모하게 일에 뛰어든 적이 한 번도 없습니다. 카크리타 계곡도, 케바스왁 지역도, 다 계산을 끝낸 후 뛰어들었어요."

수현의 목소리에는 진정성이 느껴졌다. 매번 목숨을 걸고 사지에 뛰어드는 남자만이 낼 수 있는 목소리였다.

"그런 제가 하겠다고 하는데, 설마 계획을 세우지 않고 말했겠습니까?"

"그야 그러시겠지만……."

수현이 저렇게 말하면 최현민은 할 말이 없었다.

"에우터프 지역에서라면 다른 일들도 많잖습니까? 아직 미확인 지역도 있으니, 이 주변을 탐사하고 정보를 만드는 건……."

"그건 됐습니다. 그런 걸 해낼 수 있다는 건 이미 증명했으니까요."

"……암석 거인에게 집착하는 이유라도 있으십니까?"

"명성이죠."

"……?"

"겉으로는 말을 안 해도, 개발계획국이나 다른 사람들이 어떻게 생각하는지는 알 수 있습니다. 아마 속으로 이렇게 생각하고 있겠죠. '엉클 조 컴퍼니는 비전투적인 면은 확실히 뛰어나. 그렇지만 전투력은 어떨까?' 이렇게요."

"그런 적은……."

"'없다'라고 하실 수는 없을 겁니다."

"……."

"이번에 확실하게 보여줄 생각입니다. 그리고 그걸 보여주기에, 암석 거인은 아주 적당한 상대죠. 요행으로 잡을 수 있는 놈이 아니니까요."

수현은 주먹을 불끈 쥐며 말했다. 그 모습에 최현민은 정체를 알 수 없는 전율을 느꼈다.

'혹시, 내가 지금 전설의 시작을 보고 있는 건 아니겠지?'

카메론 행성에서 소문처럼 들려오는 전설.

누군가 혼자서 카메론 행성을 일주했다든가, 한 지역 몬스터들의 씨를 말렸다든가, 드래곤을 잡았다든가……. 이런 것들은 허무맹랑해 보여도 그냥 생기는 전설이 아니었다.

실제로 관련이 있는 걸 누군가 해냈고, 그것에 살이 붙여

져서 떠도는 소문이 된 것이다. 그리고 그런 전설에도 언제나 시작이 있었다.

최현민이 보기에 수현은 욕망에 가득 차서 폭주하는 젊은 능력자가 아니었다. 그는 스스로가 무엇을 원하는지 확실히 알고, 그걸 능숙하게 얻어내는 교활한 육식동물이었다.

"이번 일이 끝나고 보시면 알 겁니다. 제가 왜 암석 거인에 집착하는지 말입니다."

"저도 알고 있습니다. 암석 거인을 잡기만 한다면 이름값이 엄청나게 뛸 거라는 것 정도는요."

'모르고 있군.'

많고 많은 일 중에서 수현이 암석 거인을 고른 건 이유가 있었다. 무력을 증명하려면 다른 몬스터도 있었으니까. 최현민은 아마 암석 거인이라는 이름과 수현이 너무 급하게 일을 받은 것 때문에 떠올리지 못하고 있는 것 같았다.

암석 거인은 용병들이 아닌, 에우터프 지역에 진출한 한국군과 미군에게 괴멸적인 피해를 입힌 몬스터였다. 시간이 꽤나 지났지만, 암석 거인을 처치한다면 저 사실도 같이 떠오를 것이다.

용병 회사나 용병들을 보면 아는 사람만 아는 이미지가 강했지만, 카메론 행성에서는 아니었다. 계속해서 밝혀지는 미지의 정보들은 일반인들에게도 흥미를 사기에 충분했다. 국

내에서도 몇몇 용병 회사와 초능력자들은 연예인 수준으로 유명했다.

'몬스터 하나를 처리하는 것으로 영웅이 된다.'

암석 거인은 처치했을 경우 관계자들만 알고 넘어갈 놈이 아니었다. 놈은 처치만 하면 필수적으로 매스컴을 타게 되어 있었다.

수현은 거물이 될 생각이었다. 누구도 그를 팽하지 못할 정도로. 그러기 위해서는 힘, 세력, 재산, 명성……. 모든 것을 복합적으로 빼놓지 않고 가져야 했다.

'물론 암석 거인을 잡고 나서의 이야기지.'

에우터프 지역에 있는 다른 용병들은 굳이 암석 거인을 건드릴 생각을 하지 않았다. 돈이 되는 게 수두룩했는데 굳이 상대하기 위험하고 끈질긴 놈을 건드릴 필요는 없었으니까.

처음에 군대가 피해를 입었을 때 현상금이 걸렸지만 겁 없는 이들이 몇 번 도전하고 나서 실종된 이후로는 그것도 시들해졌다.

에우터프의 용병들에게 암석 거인은 상대해서 잡을 게 아닌, 신경 써서 피해야 하는 귀찮은 놈으로 인식이 박힌 것이다.

이제 그 인식을 수현의 팀이 깰 것이다.

20장
암석 거인 사냥(1)

"암석 거인은 에우터프 지역에 처음 진출한 군인들에게 괴멸적인 피해를 입혔다. 지금 군대가 카메론 행성을 마음대로 돌아다니지 못하는 데에는 이놈이 입힌 피해도 어느 정도 지분을 차지하고 있을 거다."

대원들의 훈련이 어느 정도 진행되자, 수현은 그들을 회의실로 불러 모았다. 원래 이런 시설을 쓰지 않았던 그들은 살짝 어색한 표정이었다.

그러나 그 어색함도 수현이 말을 시작하자 사라져 버렸다. 이제 그들도 어엿한 카메론 행성의 사람들이었지만, 그래도 새로운 임무를 할 때의 긴장감은 어쩔 수 없었던 것이다.

"한국군과 미군의 합동 작전이었지만, 피해는 미군이 더

많이 봤다. 덕분에 미군 쪽에서는 이놈한테 아주 이를 갈고
있지."

암석 거인의 특징 중 하나는, 물리적인 화력에 강력한 내
구성을 갖고 있다는 점이었다. 무기의 화력을 믿고 들어갔던
군인들은 카메론 행성의 무서움을 몸으로 체험해야 했다.

"처음 놈에게 걸린 현상금이 1,200만 달러였지. 그 이후에
1,500, 지금은 2,000으로까지 늘었다. 왜 그런지 아나?"

"……?"

"실패한 사람들 때문에?"

"그래. 바로 그거다."

그런 피해를 입었는데 미군이 가만히 있지는 않았다. 상
성 때문에 직접적인 토벌 작전을 세우지는 않았지만 현상금
이 걸렸고, 그 이후로 몇몇 소규모 초능력자 팀이 도전을 했
었다.

그리고 지금, 현상금은 거의 두 배로 늘어나 있었다. 그러
나 현상금이 많다고 좋아하는 대원들은 없었다. 현상금이 높
다는 건 그만큼 상대하기 까다롭다는 뜻이었으니까.

"놈은 강한 몬스터로서 가져야 할 장점을 대부분 가지고
있다. 교활한 지능, 단단한 몸집, 까다로운 특수능력까지. 실
제로 지금 용병 중에서 이놈을 잡으려고 하는 사람들은 거의
없지."

암석 거인을 잡을 수 있을 전력은 굳이 그 위험을 감수하면서 도전할 위치가 아니었다. 카메론 행성에서의 일은 할 수 있냐, 없냐가 아닌 그걸 할 수 있는 이들이 할 이유가 있냐로 갈리는 경우가 대부분이었다.

　"우리가 이번에 하게 될 일은 이놈을 잡는 일이다."

　대원들은 대부분 무덤덤했다. 수현이 어려운 목표를 잡는 게 처음도 아니었고, 그는 언제나 방법을 갖고 있었던 것이다. 무엇보다 그들은 암석 거인에 대해 실질적인 공포를 갖고 있지 않았다.

　그러나 암석 거인에 대해 잘 알고 있는 이들은 새파랗게 질렸다. 샤이나는 질렸다는 표정에서 그쳤지만, 고르간은 정말로 충격을 받은 표정이었다.

　"암석 거인을 잡습니까? 정말로?"

　"그래. 무슨 문제라도 있나?"

　"……."

　고르간이 입을 꾹 다물자 다른 대원들은 고개를 돌려 그를 쳐다보았다. 고르간이 이렇게 충격을 먹는 일은 드물었기 때문이었다.

　"야. 너 괜찮냐?"

　"충격을 먹는 것도 이해한다. 대원들이야 모르겠지만 거인들을 직접 몸으로 상대해 본 적 있는 이종족들은 느낌이

다르겠지. 맞나?"

수현의 질문에 고르간은 고개를 끄덕였다.

"우리 부족에는 거인족 몬스터를 상대할 때를 대비한 두 가지 규칙이 있다."

"오. 뭔데?"

김창식이 궁금하다는 듯이 물었다.

"첫 번째는, 상대하게 되면 무조건 도망치라는 거다."

"……별로 도움은 안 되는데. 두 번째는?"

"그래도 상대하고 싶으면 첫 번째 규칙을 떠올리라는 거다."

"…….."

오크들이 거인족 몬스터를 얼마나 두려워하는지 알 수 있었다.

'확실히 인간이야 그쪽에 안 가면 그만이지만, 오크들 같은 경우는 지옥이겠군.'

인간의 도시는 몬스터가 없는 청정구역이었고, 상대하기 힘든 몬스터가 있으면 그냥 피하거나, 돌아오면 됐다.

들인 시간과 노력은 날아가지만 생존의 문제로까지 이어지지는 않았다.

그렇지만 이종족들은 그들의 구역에 몬스터가 나타나면 맞서 싸워야 했다. 인간들에 비해 기술력도 변변치 않으니 그들은 맨몸과 초능력만 믿고 싸워야 하는 것이다.

"샤이나, 너는 거인족 몬스터에 대해서 할 말 없나?"

"글쎄? 우리가 살던 곳은 거인족 몬스터가 없었거든. 그렇지만 대응 방식은 대체로 저 오크가 말한 것과 비슷해. 상대하지 말고 도망쳐라."

"그렇군. 그렇지만 우리는 탐사가 아니라 놈을 잡기 위해서 들어간다. 그러니 벌써부터 겁을 먹지는 말라고. 그래 봤자 좋을 게 없으니까."

"어떻게 잡으실 생각입니까?"

"좋은 질문이다. 모든 몬스터는 약점이 있지. 이놈도 마찬가지다."

수현이 생각하기에 인류의 가장 큰 무기는 발달한 기술력도, 다양한 초능력자도 아니었다. 그건 바로 분석력이었다. 한 번 실패하더라도 계속 정보는 모이고, 언젠가는 방법을 찾아낸다. 그것이 인류의 방식이었다.

암석 거인은 수현의 팀이 잡은 몬스터가 아니었다. 에우터프 지역이 점점 개발이 되고 인류의 활동 영역이 넓어지자, 암석 거인이 숨어 있는 산악 지대도 개발할 필요성이 생겼다.

결국, 이해관계가 일치한 몇몇 집단이 뭉쳐서 놈을 쓰러뜨렸다.

그 이후 암석 거인은 분석되었고, 그에 대한 정보는 수현도 주의 깊게 읽었었다. 암석 거인이 거기에서만 나타난다는 법은 없었으니 말이다.

"암석 거인이 약점이 있었어?"

"겉으로 보이느냐, 보이지 않느냐. 쉽게 보이느냐, 보이지 않느냐의 차이지 약점이 없는 놈은 없어. 계속 찾다 보면 약점은 나온다. 암석 거인도 몇 개의 약점이 있지."

수현은 영상을 홀로그램으로 쏘아 올렸다. 놈을 상대한 적 있는 한국군이었기에 관련 자료가 데이터로 남아 있었다. 거대한 돌덩어리가 뭉쳐서 일어나 있는 것 같은 모습. 그걸 본 대원들은 질린 표정을 지었다.

"이제까지 발견된 놈들 크기는 대충 5m에서 7m까지. 아마 우리가 만날 놈은 5m 안팎일 거다. 보면 알겠지만 어지간한 일반 화기는 아예 안 통한다고 봐야 한다."

"그러면 이번에도 파워 아머는 두고 갑니까?"

"아니, 에우터프 지역에 이놈만 있나? 게다가 기동력만 봐도 파워 아머는 필요해. 저번이 예외였던 거지, 파워 아머를 무시하지 마라."

카메론 행성을 탐사하기 위해 만들어진 장비였기에 파워 아머는 대체로 있어서 손해 볼 경우는 없었다.

"일반 화기는 안 통하지만 초능력으로 인한 공격은 들어간다."

"어⋯⋯. 팀장님."

"뭐지?"

"저놈이 돌덩어리면, 번개 도끼는 아티팩트여도 효과가 적게 먹히는 거 아닙니까?"

"아마 그렇겠지."

"⋯⋯?!"

"걱정하지 마라. 번개 도끼는 이번 사냥에서 주력으로 쓸 생각이 없으니까."

수현은 말과 함께 계획이 정리된 문서를 그들에게 돌렸다.

"계획의 기본 뼈대는 혼동의 반지와 암석창이 될 거다."

"등을 노리는 겁니까?"

문서를 읽은 대원 중 한 명이 질문했다. 수현은 고개를 끄덕이며 대답했다.

"그래. 등이다."

암석 거인의 약점은 등이었다. 인간으로 따지면 견갑골의 사이. 그 부분을 공격당하면 그 덩치와 단단함이 거짓말인 것처럼 무너졌다. 물론 토벌대는 그걸 몰랐기에 전체적으로 초능력을 쏟아부어서 잡았지만, 알고 있는 수현은 그런 일을 할 필요가 없었다.

"놈은 무엇보다 침입자에 대한 적대심이 강하다. 우리가 나타나면 알아서 공격을 해올 거다. 본대가 놈의 앞을 맡아서 시간을 끌면, 내가 놈의 등으로 올라가 암석창으로 약점을 찌른다."

다행스럽게도 암석 거인은 그렇게 민첩한 편이 아니었다. 군대처럼 대규모로 움직이는 이들이 아니라 소규모로 움직이는 대원들이라면 얼마든지 피하면서 시간을 끌 수 있었다.

"꽤나 교활한 놈이고, 인간을 상대한 경험이 풍부한 놈이다. 어떤 무기를 쓰고 초능력에 맞으면 어떤 일이 생기는지 아는 놈이란 거지."

인간을 상대하는 몬스터도 배우고 성장했다. 수현은 그 사실을 잘 알고 있었다. 몇 번 인간과 싸워보고 대응법을 깨달은 몬스터를 상대하는 건 보통 귀찮은 일이 아니었다.

"그러니 어설픈 속임수 같은 건 통하지 않을 거다. 김창식. 화염을 쓰는 건 좋지만 놈의 몸에 닿지 않게 해라. 두 번 이상은 통하지 않을 테니까."

"옙."

"뭐……. 아무리 교활한 놈이라도 우리가 어떻게 잡을 거라고는 예상하지 못할 테니까, 겁먹지는 말고."

할 말 다하고서 겁먹지 말라는 수현의 말에 대원들은 헛웃음을 터뜨렸다. 이런 걸 말하고서도 회의실에 강한 절망감이나 팽팽한 긴장감이 돌지 않는 건 수현의 능력이었다. 어떤 일을 하더라도, 수현이 계획한 거라면 가능할 거라도 믿는 것이다.

그 분위기를 느낀 샤이나는 속으로 감탄했다. 수현은 아무래도 생각보다 더 대단한 리더 같았다. 혼자 돌아다니는 걸 보았을 때는 독불장군 같은 느낌이었는데…….

'신기하네. 보통 능력이 있으면 반대 아닌가?'

샤이나의 상식에서는, 젊은데 능력이 있으면 혼자 일하는 걸 선호하는 오만한 사람이 되기 쉬웠다.

처음 봤을 때 수현이 보여준 모습도 그와 비슷했고.

그러나 대원들과 같이 있을 때의 수현의 모습은 또 달랐다. 별로 의미 없어 보이는 질문에도 성실히 대답했고 계획에 대해서도 끈기 있게 설명했다.

"이 은신 능력은 뭡니까? 주변의 지형을 이용해서 숨는다고 했는데……."

"말 그대로다. 놈은 의태 능력이 뛰어나. 특히 산악 지대에서는."

암석 거인의 까다로운 점 중 하나였다. 놈은 주변이 산악 지대라면 그 주변의 지형으로 위장이 가능했던 것이다.

덕분에 에우티프 지역을 돌아다니는 용병들은 산악 지대로 들어갈 일을 피하고, 들어가더라도 비슷해 보이는 돌덩어리들이 연달아 붙어 있다면 무조건 거리를 벌리는 식으로 대응하곤 했다.

"그건 좀 끔찍한데요."

몸이 느린 만큼, 암석 거인은 다른 방식으로 그걸 보완했다. 의태해서 기다리고 있다가 침입자를 공격하는 건 놈이 가장 즐기는 방식이었다.

"걱정 마라. 모르고 들어갔을 때나 무서운 능력이지, 알고 들어가면 까다로울 뿐이다."

게다가 수현은 놈의 의태를 풀 방법을 알고 있었다.

"더 질문이 없다면 다시 훈련을 시작하도록 하지. 바로 출발할 게 아니니 그때까지는 계속 훈련이다."

자연스럽게 '으엑' 하는 소리가 대원들 사이에서 흘러나왔다. 아티팩트의 사용법부터 시작해서 새로운 방식에 모두가 익숙하게 적응을 한 편이었지만, 수현은 만족하지 않았다. 그는 대원들 모두가 탈진할 때까지 그들을 굴리고 또 굴렸다.

"자. 훈련장으로!"

다들 이동하려고 할 때, 수현은 마지막에 나가는 샤이나를 불렀다.

"잠깐. 기다려봐."

"응?"

"대원들 앞에서는 말 안 했지만, 이번에 에우티프 지역에 들어가게 되면 케시카를 갖고 나오고 싶어."

"그걸? 진짜로?"

"개인적으로 쓸 일이 있어서."

대원들 앞에서 케시카를 말하면, 나중에 케시카를 태워서 강인규한테 실험할 때 괜한 오해를 살 수 있었다. 이런 건 아는 사람이 적을수록 좋았다.

"나야 고용된 입장이니까, 하라는 대로 하겠지만……. 뭐 도와줄까?"

"찾기가 어려운 곳에 있나?"

"아니, 그런 건 아니야. 암석 거인을 잡으러 가는 거라면 지역도 비슷할 거야. 산에서 보이는 풀이니까."

"좋아. 그러면 임무 도중에 신경을 좀 써줘. 기회가 된다면 단독으로 움직여도 좋으니까."

"암석 거인을 상대하면서 그런 여유를 부려도 괜찮아?"

"찾으면 보너스 준다."

"……반드시 찾아낼게!"

샤이나는 대번에 기분이 좋아져서 밖으로 나가 버렸다. 수현은 피식 웃었다. 저렇게 노골적으로 나오면 오히려 대하기가 편했다.

'강인규를 대충 움직일 체력 정도로 만들어 놓았고, 다른 놈들 훈련된 걸 보면……. 2주일 안에 출발할 수 있겠군.'

이번 일에서 목적은 간단했다. 암석 거인을 처치하고, 덤으로 케시카를 찾는다. 한시라도 빨리 강인규한테 실험을 해 보고 싶어서 손이 근질거렸다.

"에취!"

"왜 그러냐? 감기 기운이라도 있어?"

"아, 괜찮습니다!"

진돗개 10팀에 있었을 때와는 달리, 강인규는 나름 팀에 적응을 한 모습이었다. 다른 대원들은 강인규를 나쁘게 생각하지 않았다. 오히려 수현에게 집중적으로 훈련을 받는 그를 안쓰럽게 생각했다.

훈련과 연습, 그리고 다시 훈련을 거듭한 후. 이 정도면 되었다고 생각한 수현은 연락해서 일정을 잡았다. 엉클 조 컴퍼니 대원들은 만반의 준비를 갖추고 에우터프 지역으로 출발했다.

정부와 같이 일을 한다는 건, 일을 하기 위해 떠날 때 그들의 발로 걷지 않아도 된다는 걸 의미했다. 정부의 수송차량 안에 탄 대원들은 시답잖은 잡담을 나누고 있었다.

"그러고 보니 팀장님. 이번에는 파워 아머를 지원받으셨잖습니까."

"그래."

군용은 아니었지만 민간용으로, 정부가 갖고 있는 파워 아머를 지원받았다. 출발하기 전에 수현이 신청한 것이다.

"그거 누가 몹니까?"

"내가 몰 거다."

수현에게는 너무 당연한 질문이었기에, 이걸 왜 묻나 싶었다. 그러자 김동욱은 손바닥을 탁 치며 감탄했다.

"아, 팀장님 면허도 갖고 계셨습니까? 대단하시네요."

'⋯⋯!'

수현은 정말로 오랜만에 당황했다. 생각지도 못한 질문이었던 것이다.

파워 아머는 아무나 몰 수 있는 게 아니었다. 기본적으로 몰 수 있는 파일럿 숫자도 적었고, 거기서 뛰어난 파일럿은 더더욱 적었다. 괜히 이소희가 대접을 받았던 게 아니었다.

'생각해 보니 면허를 안 따뒀다⋯⋯!'

물론 그런 걸로 이번 일에 지장이 생기는 건 아니었다. 여기서 누가 수현의 면허를 조사한 후 신고하지는 않을 테니까.

게다가 수현이 도심 내에서 파워 아머로 질주를 하는 게 아닌 이상 정부에서는 관련 신고가 들어오더라도 그를 보호

해 줄 것이다.

행성관리부에서 미치지 않고서야 수현 같은 인재를 그런 걸로 내칠 리는 없을 테니까.

'젠장. 일에 집중한다고 해도 그렇지, 기본적인 걸 놓치다니……'

수현은 속으로 혀를 찼다. 목표를 세우고 전력으로 달리는 덕분에 종종 그가 잊고 있는 실수가 나왔다.

'돌아가자마자 면허부터 따둬야겠군.'

어차피 암석 거인을 잡고 나면 개발계획국 쪽에서 알아서 기어줄 것이다. 그러면 간단한 테스트만 받고 면허를 통과할 수 있었다.

"그러게? 언제 따신 거지?"

"자. 집중해라. 지금 놀러 가는 게 아니잖나."

"예!"

"기지에 도착해서 휴식을 취한 후 바로 이동 시작한다. 암석 거인을 잡기 전에 잡는다고 광고를 할 필요는 없으니까. 기지에서도 사적인 대화는 최대한 삼가도록."

"네. 알겠습니다!"

"……"

씩씩하게 대답하는 김창식을, 수현은 식은 눈빛으로 쳐다보았다. 마치 '네가 가장 걱정된다'라고 말하는 표정이었다.

"박수용 대원⋯⋯. 김창식 대원과 같이 다니도록."

"그렇게 하겠습니다."

"좋아. 그러면 기지에 도착할 때까지는 쉬자고. 쉴 수 있는 시간이 그렇게 많은 것도 아니니까."

잡을 계획과 어떻게 행동하는지에 대한 준비는 이미 출발하기 전에 끝낸 상태였다. 쉴 수 있을 때 계속 쉬어두는 게 좋았다.

"지금 기지를 쓰고 있는 팀 이름이 어떻게 됩니까?"

에우터프 지역은 비교적 진출 인원이 많은 곳, 당연히 곳곳에 만들어진 기지가 많았다. 그렇지만 정부가 단독으로 기지를 관리하는 경우는 드물었다. 보통은 적당한 용병 회사를 섭외해 기지를 공동 사용으로서 책임과 비용을 줄였다.

"가온길입니다."

'기억에 없는데.'

일단 정부와 같이 관리를 하는 회사는 어느 정도 규모가 되는 회사임을 증명했다. 수현은 눈을 감고 기억을 떠올리려고 했지만, 가온길이라는 회사 이름은 들어본 적이 없었다.

'뭐⋯⋯. 사라지고 생기는 게 용병 회사니까.'

카메론 행성에서 절대적인 건 없었다. 그리고 수현은 기지에서 마주칠 다른 용병들보다 신경을 써야 할 게 많았다. 이번 일도 사실상 수현의 원맨쇼가 될 것이다. 대원들이야 그를 믿고 따라오더라도 그는 믿고 따라갈 사람이 없었다.

"말씀하신 물자, 장비는 모두 C 구역에 준비해 뒀습니다. A 구역은 가온길 소속 용병들이 사용하고 있으니, 접근을 삼가주십시오."

"알고 있습니다."

"그쪽도 여러분들이 사용하는 C 구역에 오지는 않을 겁니다. 동선이 겹치는 곳은 기껏해야 식당 정도니, 크게 불편하시지는 않을 겁니다. 더 여쭤볼 거 있으십니까?"

직원은 혹시라도 엉클 조 컴퍼니 대원들이 화를 낼까 봐 매우 조심스러운 태도였다. 무리한 조건은 아니었지만, 용병들 중에서는 성격파탄자들이 수두룩했다.

아무리 회사 차원에서 통제를 하더라도 강한 능력을 갖고, 매번 목숨을 걸고 돌아다니는 이상 본래 성질이 나오게 되어 있었다.

이런 식의 사소한 문제로도 시비를 걸 수 있는 게 용병들이었지만, 엉클 조 컴퍼니의 대원들은 전혀 불만을 말하지 않았다.

"없습니다."

문제를 일으켰다가는 수현에게 호되게 당할 게 분명했다. 수현은 대원들의 행동을 엄격하게 관리했다.

"짐 풀고, 내일 출발하기 전까지는 쉬도록. 식사하고 싶은 사람은 가서 식사해. 괜히 말 걸고 다니지 말고."

"팀장님은요?"

"난 가서 간단히 끼니만 때우고 나와야겠다. 살짝 출출하군."

"같이 가자. 나도 배고파."

샤이나는 배를 문지르며 말했다. 수현은 마음대로 하라는 듯이 고개를 끄덕였다. 통로를 걸어가는 동안, 샤이나는 호기심 섞인 목소리로 물었다.

"같은 용병이라고 해도 사이가 그렇게 좋지는 않은가 봐?"

"좋은 편이 드물지. 보통은 불가근불가원 하는 편이고……. 접촉해야 할 이유가 없으면 접촉을 안 하는 게 서로에게 좋아."

먼 타향에서 고된 일을 한다고 동지 의식이 생기지는 않았다. 용병에게 다른 용병은 사업적 이익을 해칠 수 있는 경쟁자였고, 자신이 찾아낼 대박을 먼저 뺏어갈 수도 있는 놈에 불과했다.

"잠깐. 그러면 나 때문에 괜히 문제 생기는 거 아냐?"

"양아치들도 아니고, 대놓고 그러는 놈들은 없어. 게다가 정부 기지에서 그렇게 시비 거는 놈들은 장사 할 생각이 없다고 봐야지. 쓸데없는 걱정은 하지 마라. 같이 일한다는 건 네 능력만 필요할 때 쓰는 게 아니라, 뭐든지 같이 책임진다는 거니까."

샤이나가 살짝 감동한 표정으로 수현을 쳐다보았다. 그렇지만 수현은 속으로 다른 생각을 하고 있었다.

'확실히 재수 없으면 시비가 걸릴지도 모르겠군.'

말은 그렇게 했지만, 모두가 저렇게 이성적이고 합리적인 판단을 한다면 세상은 벌써 평화로워졌을 것이다. 카메론 행성의 미개척지대를 돌아다니는 이들 중에서 미친놈들이 많다는 건 수현 자신이 너무나 잘 알고 있었다.

'뭐, 시비가 걸려오면 바로 받아치면 되는 거니까…….'

수현이 질 거라는 생각은 조금도 들지 않았다. 시비가 걸렸을 때 고민해야 하는 건 뒤처리였다. 시비가 생기면 일단 밟아버린 다음에 최현민을 부를 생각을 하며, 수현은 발걸음을 옮겼다.

"……?!"

식당의 반대편에 있는 건 가온길의 대원들이었다. 그러나 수현이 놀란 건 사람들이 있어서가 아니었다. 그들 중 아는 얼굴이 있었기 때문이었다.

'주원준 저 자식이 왜? 게다가 서강석까지…….'

주원준, 서강석. 모두 예전의 수현이 알던 이들이었다.

지금 수현이 얻으려고 하는 자리가 수현이 돌아오기 전 주원준의 위치와 얼추 비슷했다. 정부의 지원을 받으며 뛰어난 실력을 가진 민간 용병 회사.

주원준의 팀은 언제나 고평가를 받았고 정부도 그들을 함부로 대하지 못할 정도였다. 수현도 작전 때문에 몇 번 얼굴을 마주친 적이 있었다.

'여전히 재수 없는 얼굴……. 아. 그렇군. 가온길에서 갈라져 나온 건가.'

쓸데없는 생각을 하던 수현은 그들의 행적을 대충 끼워 맞춰보기 시작했다. 그들이 가온길이라는 이름을 쓰지 않았으니, 아마 현재 회사에서 갈라져 나온 게 분명했다.

대형 용병 회사에서 일하더라도 팀 단위로 독립해서 새로 시작하는 게 없지는 않았지만, 이렇게 과거의 모습으로 보게 되니 느낌이 신선했다.

"저기, 저쪽에서 맹렬하게 노려보는데……?"

"아차. 미안."

생각에 잠기느라 너무 노골적으로 쳐다본 것 같았다. 주원준과 서강석이 시선을 눈치채고 불쾌한 표정을 짓고 있었다.

주원준, 서강석. 주원준은 뛰어난 능력자였고, 서강석은 좋은 부하였다. 예전에 수현이 서강석을 예시로 들면서 밑의

부하들을 구박한 적이 있었다.

더 이상 가만히 서 있다가는 그가 시비를 거는 꼴이 될 테니, 수현은 음식을 받기 위해 움직였다. 토마토 스파게티를 하나 받은 후 그는 자리에 앉았다.

"왜 그렇게 쳐다본 거야? 난 시비 걸리는 줄 알았어."

"신기하게 생겨서."

"……?"

샤이나는 고개를 갸웃거리며 곁눈질로 가온길의 대원들을 쳐다보았다. 서강석은 곰처럼 덩치가 크고, 주원준은 날카로운 인상을 가지고 있었지만 그 이상으로 특이하지는 않았다.

"식겠다. 어서 먹어."

'사령술사에, 바텐더까지……. 탐나긴 하는데, 어차피 넣는 건 무리겠지.'

사령술사. 주원준의 별명이었다. 준비가 많이 들어갔지만 한 번 준비가 끝나면 보통 귀찮은 능력이 아니었다.

서강석이 바텐더라고 불리는 건 독 때문이었다. 그는 독을 조합하고 섞는 능력이 수현에 버금갈 정도로 대단했다. 게다가 그는 수현과 달리, 독 관련 초능력을 갖고 있었다.

정확히 뭔지는 수현도 알지 못했지만 다루는 솜씨를 봤을 때 분명 최적화된 초능력일 것이다.

문제는 저 두 사람이 계산이 서지 않는 사람이라는 것이었다. 수현이 인재를 급하게 모으고 있었지만, 아무나 마구 넣는 건 아니었다.

'괜히 독사 새끼를 넣었다가 물리기라도 하면 큰일 나지.'

엉클 조 컴퍼니 대원들의 장점 중 하나는 그들의 인격이었다. 조승현이 사람 보는 눈은 정확했다. 내 뒤통수를 치지 않을 거라는 확고한 믿음은 의외로 큰 장점이었다.

그에 비해 주원준은 야심으로 가득한 놈이었다. 저런 놈은 일단 누구 밑에서 일을 하지 않았다. 게다가 수현은 주원준에 관한 안 좋은 소문을 몇 개 들은 적이 있었다. 소문은 소문일 뿐이지만, 수현은 알고 있었다. 소문에는 일말의 진실이 숨어 있다는 것을.

'믿을 놈은 아니야. 어떻게 써먹을 수는 없나? 주원준은 몰라도, 서강석이라도 빼돌리거나…… 무리인가.'

서강석의 충성심은 유명했다. 지금 같이 있는 걸 보니, 그가 주원준에게 충성하고 있는 건 명확했다. 괜히 건드렸다가 역효과가 날 수 있었다.

'독 잘 다루는 놈은 있으면 편한데 말이지. 여긴 내가 하나부터 열까지 다 해야 하니…….'

수현은 속으로 투덜거리며 스파게티를 먹었다. 머릿속으로 다른 생각을 하고 있는지라 음식은 맛도 모르고 빠르게 흡입하는 수준이었다. 순식간에 없어지는 스파게티를 보고 샤이나는 혀를 내둘렀다.

"다크 엘프잖아?"

"신경 끄고 밥이나 먹어라."

"기지에 다크 엘프가 들어왔는데 어떻게 신경을 끕니까. 독이라도 타면 우리가 그대로 먹어야 하는데."

"독 먹으면 강석이한테 해독제 달라고 해."

"팀장님도 참. 농담도 못 합니까? 그나저나 뭐하는 놈들인데 다크 엘프를…… 컥!"

서서 지껄이던 대원은 그대로 앞으로 넘어졌다. 주원준이 그를 걷어찬 것이다. 그는 싸늘한 목소리로 대원에게 말했다.

"내 말이 같잖아 보이나?"

"아, 아닙니다!"

"그러면 시선 아래로 깔고 식사해라."

"……."

고양이 앞의 쥐처럼, 대원은 기가 죽은 태도로 식사를 다시 시작했다.

대원에게는 그렇게 말했지만 주원준도 궁금한 건 마찬가지였다. 여기 왔다는 건 정부의 허락을 받았다는 건데, 그렇다면 이들도 이 주변에서 일을 하기 위해 온 팀이라는 뜻이었다.

'다크 엘프까지 넣고, 뭐하는 놈들이지?'

방금 그가 걷어찬 대원처럼 무식하게 시비를 걸 생각은 조금도 없었다. 이런 곳에서 그런 짓을 했다가는 스스로의 살을 깎아 먹는 짓밖에 되지 않았다.

'돌아가서 물어봐야겠군.'

주원준도 알고 있었다. 준비된 자에게만 행운이 온다는 것을. 우연찮게 생기는 기회에서 결과를 만들어내는 게 바로 능력이었다. 저들이 만약 귀한 정보라도 갖고 움직이는 거라면…….

수현도, 주원준도. 서로 시선은 마주치지 않았지만 팽팽하게 머리를 굴렸다. 어떻게 해야 서로를 이용할 수 있을지.

"저기. 다 먹었어."

"아. 그래? 빨리 먹었네. 일어나자."

"…….."

다 먹었지만 수현이 생각에 잠긴 것 같아서 기다리고 있었는데 이런 반응이라니.

"뭐 때문에 그렇게 고민하는 거야? 암석 거인 때문에 걱정되어서 그래? 아니면 케시카?"

"아니, 신경을 쓰게 해서 미안하군. 팀장은 나니까 쓸데없는 걱정은 할 필요 없어."

"괜찮다면 상관없지만……."

샤이나는 석연찮은 듯이 말끝을 흐렸지만, 수현이 말을 끊은 이상 더 이상 물어보지 않았다. 그녀가 그녀에게 적대적인 인간들과 같이 일을 하면서 배운 건 처세였다.

"엉클 조 컴퍼니? 아. 그 카크리타 계곡 건을 해결한 팀?"

주원준은 개발계획국 내에도 아는 사람이 있었다. 그는 정부 안에서 일어나는 일들에 매우 민감했던 것이다. 당연히 카크리타 계곡을 해결한 수현의 팀은 들어본 적 있었다.

"네."

"그런 놈들이 여기에는 왜? 탐험을 하려면 더 남쪽으로 가야 하지 않나?"

"그것까지는 좀……."

어차피 거기까지 말해주리라고는 기대하지도 않았다. 주원준은 고개를 끄덕이고 남자를 돌려보냈다.

"엉클 조 컴퍼니, 엉클 조 컴퍼니……. 재미있는 팀이었지. 그 인원으로 카크리타 계곡 안에 들어간 걸 보면 말이야."

"대단한 겁니까?"

"대단하기보다는 사전에 뭔가 알고서 들어간 거겠지. 물론 나는 절대로 그러지 않겠지만."

정보를 얻더라도 최소한 총알받이 몇 부대는 더 들여보낸 다음 확인하고 나서 들어가는 게 주원준의 방식이었다.

"그런 일을 하는 놈들이 여기에는 왜 왔지? 여기는 이제 새로 발견할 자원이 없을 텐데. 더 찾으려면 남쪽이나 산악지대로 들어가야 할 거고."

"저는 잘 모르겠습니다만."

"됐어. 대답을 들으려고 물어본 거 아니니까."

주원준은 진중하게 대답하는 서강석에게 손을 흔들었다.

"다 아는 방법이 있지."

"그렇습니까……?"

"이런 걸 할 수 있냐, 없냐가 팀장과 일개 대원의 차이인 거다."

개발계획국 내에 주원준이 아는 사람이 있었다. 그가 관련되지 않은 비밀 계획이라면 알아내기 힘들겠지만, 주원준은 그가 아는 사람을 믿었다. 그의 사람으로 만들기 위해 돈을 얼마나 먹였던가.

'다른 곳이면 모를까, 개발계획국 안에서 일어난 일이면 식은 죽 먹기지.'

그는 곧바로 연락을 보냈다. 이번에 엉클 조 컴퍼니가 맡게 된 일이 무엇인지에 대해서. 그러나 돌아온 답변은 주원준의 얼굴을 일그러지게 했다.

─보안 때문에 접근할 수가 없었습니다.

"이런 개새끼가?!"

자라 보고 놀란 사람은 솥뚜껑만 봐도 놀라는 것처럼, 수현은 보안에 대해 꽤나 신경을 기울이는 편이었다. 이제 엉클 조 컴퍼니는 예전처럼 무명의 팀이 아니었다. 아는 사람은 벌써 주목하고 있었다.

'게다가 원한 관계도 있으니⋯⋯.'

전멸당한 중국 쪽 특수부대. 표면적으로는 진돗개가 한 짓이었지만, 비밀리에 조사가 들어간다면 언제 어디서 꼬리를 잡힐지 몰랐다. 이제는 일을 하더라도 조심해야 했다.

암석 거인을 사냥하는 건 알려진다고 하더라도 크게 불이익은 없었지만, 세상일은 모르는 법이었으니까.

'판터 파워 아머⋯⋯. 사실 미군이 쓰는 오딘을 빌리고 싶었는데. 그건 역시 무리였나.'

판터 모델은 민간용 파워 아머였다. 성능 자체는 무난하고 준수했지만, 역시 미군 전용기에 비하면 약간은 아쉬운 감이 있었다.

'뭐, 이걸로도 충분하지.'

예전에는 그 흑곰을 갖고서도 겁 없이 싸웠었다. 수현은 기체 성능을 가지고 불평하는 파일럿이 아니었다.

"저번에 말한 진형으로 이동한다. 방심하지 말도록."

"예!"

파워 아머에 탑승한 수현이 가장 앞에, 그리고 초능력자인 샤이나와 김창식을 가장 뒤에. 그리고 다른 파워 아머를 몰고 있는 이소희를 가운데에. 상황에 유연하게 대응하기 좋은 진형이었다.

대원들에게 말은 그렇게 했지만 수현은 아마 산악 지대에 들어가기 전까지는 몬스터를 만날 일이 없을 거라고 생각하고 있었다.

그들이 들른 기지는 비교적 산악 지대에 가까운 곳에 있는 기지. 이미 이 주변은 개발 때문에 몬스터들이 몇 차례 토벌되었을 것이다.

수현의 예상대로, 엉클 조 컴퍼니는 별문제 없이 산악 지대에 진입할 수 있었다.

"그림자 쓸까?"

"아니, 그럴 필요 없다. 그림자는 대원들 보호에 집중해."

샤이나의 질문에 그렇게 대답하고서, 수현은 소형 무인기를 띄웠다. 간단한 인공지능이 탑재되어 있어서 일일이 조종을 하지 않아도 되었다.

에우터프 지역은 캘커타처럼 혼잡하고 빽빽하게 지형물들이 들어선 구조가 아니었다. 위로 얼마든지 기동이 가능했기에 이런 드론도 유용하게 활용이 가능했다.

'편하긴 하군.'

원견에 드론까지. 이렇게까지 한다면 어지간해서는 기습을 당할 일이 없었다. 괜히 사람들이 에우터프 지역에 많이 진출한 게 아니었다. 용병도 사람인 이상, 일하기 편한 곳을 선호했다.

그리고 수현은 드론에 한 가지를 더 설치했다.

물이 뿜어지는 소리가 들렸다. 회색 암석 위로 물줄기가 엷게 흩어져서 뿌려지는 건 나름 장관이었다.

"저게 정말로 효과가 있나?"

"있겠지. 우리 팀장이 허튼짓한 적이 없는데."

수현이 드론에 설치한 건 스프링클러였다. 산악 지대는 암석 거인이 숨을 만한 암석들이 수두룩한 곳. 아무리 신경을 쓰고 주의를 기울여도 한계가 있었다.

'다른 놈들이 괜히 실패한 게 아니지.'

주의를 기울이는 것만으로 해결할 수 있었다면 암석 거인은 진작 잡혔을 것이다. 놈이 아무리 튼튼해 봤자 인류의 초능력자 전력은 결코 약한 편이 아니었다. 놈이 아직까지 잡히지 않은 건 놈의 능숙한 위장 덕분이었다.

그렇지만 거기에도 약점이 있었다. 놈은 물을 싫어했던 것이다.

물을 뿌린다고 피해를 입지는 않았지만, 워낙 물을 싫어했기에 숨어 있어도 물을 맞으면 의태를 풀고 반응을 보였다. 그걸로 충분했다.

놈이 어디에 숨어 있는지 확인하고, 놈이 확실하게 없는 안전한 지역을 확보하는 것만으로도 암석 거인 사냥의 절반은 해낸 것이나 다름없었다.

"좋아. 적어도 저 주변에는 없군. 이동한다."

"으……."

'저 인간은 질리지도 않나?'

처음에는 수현이 하는 걸 신뢰와 믿음의 눈빛으로 쳐다보던 대원들이었지만, 몇 시간이 지나자 질리는 눈빛으로 수현을 쳐다보았다.

그들은 여기에 들어와서 정말로, 정말로 천천히 움직이고 있었던 것이다.

수현은 편집증적인 수준으로 확인을 하고 움직였다. 거대한 암석이 한 번 발견될 때마다 구석구석을 다 뿌리고 움직이니 걸리는 시간이 보통이 아니었다.

"팀장님, 뒤에서 몬스터가 발견됐습니다. 아이언호그 같아요."

"그래? 처리하고 움직이자."

몬스터가 발견되자 대원들은 차라리 다행이라는 듯이 무기를 들었다. 수현이 혼자서 확인하는 동안 우두커니 뒤에서 서 있는 것도 보통 힘든 일이 아니었다.

아이언호그. 이름은 거창했지만 결국 단단한 멧돼지였다. 에우터프에서 자주 보이는 몬스터. 초능력자가 없어도 화력으로 때리다 보면 무너졌고, 초능력자가 있다면 더 쉽게 처리가 가능했다.

샤이나가 가장 먼저 초능력을 썼다. 그림자가 일렁이더니 야수의 형태로 변했다.

"두 마리인가. 굳이 쏠 필요도 없다. 샤이나, 김창식. 처리하도록. 만약 둘이 처리하지 못하면 이소희가 바로 백업한다."

"예!"

뒤에서 먼지를 일으키며, 거대한 회색 멧돼지가 달려 나왔다. 날카롭게 삐져나온 어금니가 그래도 몬스터라는 걸 말해주는 것 같았다.

아이언호그를 상대할 때 위험한 건 놈을 저지하지 못하는 것이었다. 워낙 속도가 빠르고 힘이 좋은 놈이다 보니 진형

안으로 들어가면 피해가 나왔다.

크헝!

달려 나오던 아이언호그는 울부짖음과 함께 튕겨 나갔다. 샤이나가 소환한 그림자 야수가 옆에서 달려든 것이다. 그림자 야수는 아이언호그의 단단한 맷집 따위는 신경도 쓰지 않고 그대로 목덜미를 물어뜯었다.

크허엉, 크헝!

아이언호그는 그대로 옆으로 넘어져서 버둥거렸다. 어떻게든 떨쳐내려고 그림자 야수를 후려쳤지만, 그림자 야수는 끄떡도 하지 않았다.

'생각보다 더 쓸 만하군.'

수현은 속으로 감탄했다. 정찰이나 후퇴, 다양한 용도에 쓸 수 있는 능력이라고 생각해서 고평가를 했었는데 이렇게 보니 전투에서도 충분히 제 몫을 할 수 있었다. 생각보다 샤이나의 능력이 강했던 것이다.

"흡!"

김창식은 번개 도끼를 휘둘렀다. 수현에게 갖은 구박을 받으며 계속해서 휘두른 그였다. 이제 눈을 감고서도 번개 줄기를 맞출 수 있을 것 같은 느낌이었다.

파지직!

김창식이 노린 건 아이언호그의 눈이었다. 번개 줄기가 정확하게 눈에 꽂히자 아이언호그는 비명과 함께 옆으로 나뒹굴었다.

"눈을 맞췄어?!"

"운이지?"

"운이라니, 내가 얼마나 개고생을 했는데! 실력이야!"

"아직 안 죽었다. 잡담하지 말고 끝장내라."

"예!"

김창식은 기세 좋게 다시 한번 도끼를 휘둘렀다. 쓰러진 아이언호그 위로 벼락 줄기가 요란하게 꽂혔다. 마지막으로 확인 사살을 하고 난 김창식은 기분 좋게 주먹을 움켜쥐었다.

초능력으로 몬스터를 쓰러뜨린 것이다. 비록 그의 초능력이 아니라 아티팩트로 쓰러뜨린 것이지만, 그래도 기쁜 건 기뻤다. 몬스터를 총과 폭탄이 아닌 초능력으로 잡는 건 확실히 다른 기분이었다.

"어? 야, 그걸 놓치면 안 되지!"

유리한 포지션을 잡아서 완전히 끝장을 낼 것이라고 생각하고 있었는데, 아이언호그는 잠시의 틈을 타 그림자 야수의 밑에서 벗어났다. 그러고는 다시 움직이기 시작했다.

샤이나는 혀를 한 번 차고서, 정신을 집중해 그림자 야수와 다시 연결했다. 소환하고 나면 알아서 움직이지만, 세밀

한 동작이 필요할 때는 이렇게 연결해서 의사를 부여할 수
있었다.

"아니, 그냥 둬봐."

"응?"

"어차피 치명상을 입은 놈이다. 이번 기회에 확인이나 해
보자."

아이언호그의 가장 큰 장점인 기동성은 상처 때문에 사라
진 상태였다. 놈은 비틀거리며 대원들이 있는 곳으로 오고
있었다.

"김창식, 불꽃을 써보도록."

"예?"

"몬스터들한테 통하나 한 번 확인하고 가자. 좋은 기회다."

몬스터는 사람과 달리 야생 특유의 직감이 있었다. 기회가
있을 때 김창식의 초능력이 몬스터도 속일 수 있는지 확인하
고 가는 게 좋았다.

"아, 네!"

김창식은 바로 손을 뻗었다. 번개 도끼와 달리 이 가짜 불
꽃은 소모도 거의 없었다. 허공에 화려하게 타오르는 화염이
뿜어져 나왔다.

"언제 봐도 겉모습은 진짜 화려하다니까."

"시끄러워, 이것들아!"

크르르……

낮은 소리와 함께 아이언호그가 움직임을 멈추고 뒤로 슬슬 물러섰다. 명백하게 김창식이 뿜어내는 화염을 두려워하는 모습이었다.

"이건……."

"통하는군. 잘 됐다. 이제 처리하도록."

샤이나는 손가락을 튕겼다. 대기하고 있던 그림자 야수가 튀어나오더니 아이언호그의 목을 물어뜯었다.

"그래도 아예 쓸모가 없지는 않죠? 몬스터 물러서게 만들 때라던가……."

다가온 수현에게 김창식이 그렇게 물었다.

"그렇긴 한데. 함부로는 쓰지 마라."

"……?"

"괜히 몬스터가 안 덤빌 거라고 믿고 썼다가 당하면 크게 다칠 테니까. 몬스터 중에서는 위험해 보여도 덤비는 호전적인 놈들이 많다. 정말 급하지 않은 이상 내가 쓰라고 할 때만 써라. 어지간해서는 번개 도끼로 끝내."

블러핑은 걸리는 순간 그 의미가 사라지게 되어 있었다. 몬스터를 상대할 때도 그건 마찬가지였다. 김창식은 알겠다는 듯이 고개를 끄덕였다.

"잠깐 휴식하도록 하지. 모두 알아서 적당히 쉬도록."

"팀장님은요?"

"드론 몇 대 더 보내서 정찰할 거다."

"……."

인형 눈을 붙이는 것 같은 지루한 노동을, 조금의 흐트러짐도 없이 계속해서 반복하는 것도 어찌 보면 대단한 능력이었다. 수현은 얼마든지 지루한 작업을 참고 할 수 있는 사람이었다.

"그러고 보니 얘도 몬스터인데. 돈은 안 되나?"

"아이언호그는 딱히 비싼 놈이 아니다. 찾기도 쉽고. 애초에 이놈이 돈이 되었다면 벌써 사람들 손에 사라졌겠지."

"그래요? 가죽이나……."

"넌 돼지가죽으로 만든 걸 입고 싶냐?"

"물어볼 수도 있지. 거 참. 아. 팀장님, 이거 혹시 구워 먹어도 됩니까?"

"응?"

"넌 무슨 소리를……. 캠핑 왔냐?"

"아니, 구워 먹어도 된다. 불을 피우든 장비를 쓰든 상관없다. 쉬는 동안에 끝내도록."

"진짜 먹게?"

샤이나는 진심이냐는 듯이 정성재에게 물었다.

"어, 왜? 독이라도 있어?"

"아니, 독은 없는데……."

"그러면 먹자! 어쨌든 돼지고기 아냐? 그것도 야생 멧돼지."

"이걸 돼지라고 볼 수 있나……?"

친구의 말에 의문을 품었지만, 일단 김동욱은 정성재가 해 달라는 대로 고기를 잘라냈다. 기호식품을 몇 개 갖고 다니기는 했지만 돌아다니면서 하는 식사는 언제나 진공 포장된 팩이었다. 이렇게 생으로 구워 먹는 고기는 끌릴 수밖에 없었다.

수현이 끈질기게 암석 하나하나에 물을 뿌리는 동안, 다른 대원들은 모여서 고기를 굽기 시작했다. 샤이나는 파워 아머 옆으로 걸어오더니 콕핏 앞을 툭툭 쳤다.

"왜?"

"알고 안 먹겠다고 한 거야?"

"무슨 소리인지 모르겠군."

"……."

"한 번 경험을 해봐야 멋대로 손이 안 나가지. 말로 하는 것보다 훨씬 효과적이야."

아이언호그는 몬스터 중에서 쓸모없는 편에 속했다. 몬스터 중에서는 고기가 진미인 놈도 있었지만, 아이언호그는 그것도 아니었다.

"으어억⋯⋯."

"이거 무슨 맛이야? 제대로 구운 거 맞냐?"

"아, 아니. 소금 좀 더 뿌려봐."

"이건 그런다고 해결될 맛이 아닌데⋯⋯."

고기에서 비릿한 쇠 맛이 났다. 대원들은 모두 질린 표정으로 고기를 뱉었다. 심지어 이소희까지도 얼굴이 파래질 정도였다.

"다들 맛있게 먹고 있나?"

"팀장님⋯⋯."

"좋은 교훈을 얻었군. 카메론 행성을 돌아다니면서 발견한 것은 일단 의심하고 봐라. 정체가 밝혀진 것도 한 번 더 의심하고, 정체가 밝혀지지 않은 건 더더욱 손에 대지 마라. 알겠나?"

"알면 좀 말려주시지!"

"한 번 경험을 해야 오래 기억에 남지. 걱정 마라. 건강에는 좋으니까."

"이게요?"

"그래. 보디빌더 중에서는 저놈의 고기만 따로 찾는 사람도 있을 정도다."

대원들은 질린 얼굴로 아이언호그의 시체를 쳐다보았다.

"다들 쉴 만큼 쉰 것 같으니 이동하자고. 이어지는 쪽의 확인을 끝냈다."

쉬어도 쉰 것 같지 않은 기분이었다. 대원들은 뭔가 속은
느낌으로 자리에서 일어섰다.

to be continued